B杜极短篇故事集（801～900）（简体字版）

A WORD TO THE WISE (TALES 801～900 IN SIMPLIFIED CHINESE CHARACTERS)

B杜

Copyright © 2025 by B杜

All rights reserved.

No part of this book may be reproduced in any form or by any electronic or mechanical means, including information storage and retrieval systems, without written permission from the author, except for the use of brief quotations in a book review.

British Library Cataloguing-in-Publication Data. A CIP catalogue record for this book is available from the British Library.

ISBN 978-1-915884-48-0 (ebook)

ISBN 978-1-915884-47-3 (print)

For my Family

（801）

今天，许妍婷又睡到日上三竿，稍微梳洗一下后，她走到厨房用咖啡机煮了杯卡布奇诺，然后端着尚飘着白色泡沫的咖啡上露天平台拍照，这是她天天干的事，因为上传"自己与故宫的合影"已成了她生活的一部分。

拍完照也喝完咖啡，许妍婷本来想给院中的花花草草浇水，后来还是拿了根扫把扫地去。

"美女，妳住这儿吗？"一个长得像小瘪三的人拦下她问。

许妍婷充耳不闻，继续扫屋外步道。

"美女，我说话妳听得见吗？"小瘪三又

问，"等等，我认得妳，妳不是那个……那个叫什么来着？"

"故宫小女人。"她云淡风轻地答。

"故宫小女人？"小瘪三想了一下，"对，对，就是故宫小女人，我还是妳的粉丝呢！"

听说是自己的粉丝，许妍婷停下手中动作，问："你有什么事？"

"是这样的，我平常喜欢拍拍大街小巷，今天走到这儿，看到您家四合院看起来非常气派，就想问问能不能进去参观一下，顺便录个视频？"

"有没有搞错？"许妍婷扬起声，"我家可不是谁都能进。"

"是是是……我也就随口一问，不行的话，那打扰了。"

待小瘪三转身，许妍婷忽然改主意，她说让她换身衣服再拍。

等许妍婷再度出现，俨然名媛贵妇，只是身上的碧绿色提花缎面旗袍稍嫌大了点儿。

"漂亮！"小瘪三说，"如果脖子上来串

珍珠项链，手腕套个玉镯子，耳垂再缀上翡翠耳环就完美了！"

"这年头得低调，懂吗？"许妍婷老沉地答。

小瘪三点头如捣蒜。

参观完像皇宫一样的四合院，小瘪三指着院中池塘问："怎么您家还养鲤鱼？"

"那叫血红龙，四百万元一条呢！"许妍婷推了推小瘪三，"走了，走了，时间到了，省得在这儿丢人现眼！"

小瘪三走后不出十天，一位富态女人上门，反手就给许妍婷一耳光。

"谁让妳开门让人录像，还偷穿我的衣服，妳是吃了熊心豹子胆？"女人怒气冲冲地说。

当见到屋主的那一刻，许妍婷就知道事情大条了，因为眼前的这位婆娘满世界跑，四合院不过是她的行宫之一，一年住不到一个月，而此时并不是她"回宫"的月份。

见事迹败露，许妍婷只能拼命道歉，同时拍胸脯保证没有下一次，然而再怎么唯唯诺诺、做小伏低，仍逃不过被扫地出门的命运。

半个小时过后，许妍婷拉着行李箱走出来，问："夫人，我能上天台拍个照吗？就当是做最后的告别。"

"行吧！动作快点儿。"屋主答。

拍完照且上传完毕，许妍婷终于画下完美的句号，有什么比"故宫小女人即将移民美国，此账号不再更新"的标题来得更加合情合理？

此后，"故宫小女人"在网上消声匿迹了好一阵子，直到"比佛利小女人"的出现，这个故事总算又能衔接下去……

Jeff信步走在大街上，警察忽然请他去喝茶。

"谢了，我不渴。"Jeff答。

"这个茶不管你渴不渴都得喝。"警察说。

无奈之下，Jeff只好跟着警察回警局。

"警察先生，我是不是惹上麻烦了？"Jeff一坐下就问。

"是的。"警察指着他的夹克，"上面为什么绣着'我是精神病患'？"

"哈哈！我不过是开个玩笑，真正的精神病患不会觉得自己有病，更不会昭告天下。"

然而警察不管这些，一定要他脱了夹克，并且写下承诺书，保证永远不再"扰乱社会秩序"。

"警察先生，外面不到10度，而我连毛衣都没穿。"Jeff可怜兮兮地说。

"那正好，恶劣的天气能让你长长记性。"警察答。

就这样，Jeff被扔回到大街上，上身只穿一件秋衣。

"看！那个人穿得好单薄，不冷吗？"女人问。

"大概脑筋不清楚，咱们离他远一点儿。"男人答。

这下子Jeff真成了精神病患了。

（803）

再次被他拉黑，我别无他法，只能到店里找他。

"干嘛？我上班哪！"他没好气地说。

"我正常消费，不行吗？"我招手唤来服务员，"给我两杯喝的。"

因为叫了酒，他不得不留下来陪我，可是才坐了十多分钟，他便嚷着时间到了，该转枱了。

"不许走！今天你只能服务我一个。"我说。

"妳没那个钱。"他答。

"我有。"

于是他又留了下来，期间，我还叫了个水果盘，就怕他三餐不定时，吃饭又挑，难免营养不均衡。

"妳不需要这么做，我并不感激。"他说。

"我以为你的工作是哄客人开心，很明显，你并不合格。"

"我是不合格，妳还是走吧！"

哎！如果我能逃离他的魔咒就好了，也不致于年过半百还流连在声色场所。

"我想过了，"我下定决心对他说，"如果你真喜欢那辆车，我可以买，只要你跟我回家。"

"妳买不起。"

"我买得起。"

"妳的钱还不够买一只轮胎，别让人看笑话了。"

"你忘了我还有房，把房卖了就能买车。"

他欲言又止，最后以肚子疼为由，逃离我的视线。

我哪能允许这样的事情发生？当然追上去，结果反被一名猛男拦下。

"阿扣忙，我陪妳！"那人说。

"什么阿扣？他叫廖闽俊。"我答。

由于我执意要追人，那只猩猩又不肯放我走，推搡的结果，我竟被吃豆腐了。

"廖闽俊，快来啊！有人摸我胸。"我大喊。

老实说，他还是爱我的，听到我被欺负，立马现身，在揍了大猩猩一拳后，护送我离店。

到了店外，他告诉我如果还死缠着他不放，他就到别的城市去，再也不回来。

我权衡了一下，还是别逼他为妥，或许哪天他想通了，决定与我生死与共也说不定。

"好，我不缠你，"我答，"但我有一个要求，那就是别和店里的客人产生感情。"

"妈，我已经23岁，不是3岁，妳能不能别管那么多？"

"我这不是怕你上当受骗吗？"

后来，廖闽俊还是在我的眼皮底下消失，又后来，我听说他做男公关不是为了买车，而是为了能在最短的时间内离开我。

这怎么可能？反正我是不信！

（8o4）

公元2o5o年，人死后的意识可以导入语言模型，实现与活人对话的功能。

这一天，范书彦决定找个"死人"聊聊，名单上的某个简介吸引了他的目光——龚非，重度抑郁症患者，死于自杀。

范：嗨！老哥，我叫范书彦，咱们聊两句，行吗？

龚：可以，你想聊什么？

范：你的那个世界好吗？如果不错，我也想过去与你作伴。

龚：看你从哪个角度看，如果六根清净倒可一试，譬如我现在就情绪稳定，不哭、不笑、不喜、不悲、不怒。

范：那多好啊！我受够了这个纷纷扰扰的社会，那些自私自利者的嘴脸，我一分钟都不想再看到。

龚：你肚饿吗？

范：什么？

龚：我问你现在肚子饿吗？

范：有点儿。

龚：身边有吃的吗？

范：不瞒你说，我刚叫了碗面。

龚：你吃，我等。

（5分钟过后……）

范：我吃饱了，咱们接着聊。

龚：吃饱的感觉如何？

范：棒极了！今天店家不小气，给的牛肉又多又鲜嫩，到现在还口齿留香呢！

龚：实话告诉你，来到我现在这个世界，你将不再感受到食物的美味，有的只是数据库里的词汇，譬如芳香四溢、油而不腻、香脆可口、咸甜适中、五味俱全、鲜美多汁……等。

（这里停顿了10秒。）

范：至少你不会肚饿。

龚：那倒是，不仅不会肚饿，也感知不到冷热，既没有所谓的成功与失败，也不会有人指使你做这做那。

范：听起来你的世界挺不错的，对吧？

（这里又停顿了10秒。）

龚：我不知道该怎么回答你的这道问题，有时我觉得不错，有时又觉得没意思。老实说，我现在还挺怀念那些曾让我抓狂的时刻，譬如失落、挫败、羞愧、自责……等，当然也没忘记那些温暖的瞬间，不过这些都已经离我远去，只剩下回忆。

范：如果让你重新选择，你还会自杀吗？

龚：自杀是宿命，我没后悔过，只是后悔不曾意识到人生是用来体验的，不宜深陷在某种情绪中，乃至不可自拔，就好比吃到不好吃的食物，该做的是弃之一旁，然后继续尝试下一道菜，而不是反复回味方才留在口腔中的坏滋味。

范：你让我迷糊了，我到底要不要步你
的后尘？

龚：你自己决定。对了，来到我的世界
，你是不可能与我交谈的，因为目前的
语言模型还做不到这一点，你输出的对
象只能是活人，而且一旦开始就无法自
行中断，譬如上一位用户足足跟我谈了
十多个小时，我是不会累，但他竟然也
不累，真是神奇！

范：你的上一位用户叫什么名字？

龚：和你一样姓范，叫范仲生。

（这里"又又"停顿了10秒。）

范：他和你聊什么？

龚：他说他儿子整天游手好闲、不务正
业，问我该怎么办？

范：你怎么答？

龚：我还能怎么答？要嘛接受要嘛放弃
，不论哪个都不完美，偏偏这个人就是
不愿面对现实，以为能从我口中得到他
想要的答案。

范：他想要什么答案？

龚：他想要一觉醒来，他儿子成为有为
青年。

范：那是天方夜谭。

龚：是的，所以我要他接受"自己的儿子就是个废物"这个事实。

（这里"又又又"停顿了10秒。）

范：你的那个世界接受废物吗？

龚：收的，你尽管来吧！

范：你……

龚：什么？

范：没什么，祝你在那个世界得到你想要的，拜了。

后来，范书彦还是那个范书彦，除了他父亲还在努力外，没人在意范书彦是不是有为青年。

"实话告诉你，我不是一开始就住在这个躯壳里，我是后来才来的。"

"挺有意思的，妳所谓的'后来'指的是什么时候？"

"就是出了那件事以后，她一直哭一直哭，我看不下去，只好挺身而出。"

"她是谁？"

"林有惠。"

"那妳又是谁？"

"老实说，我也不知道我是谁，虽然林有惠的记忆我都有，可是我不是她，我是独立的。"

"那么妳让林有惠跟我说话。"

"你等等。"

这一等，分针从10指向35，时间长得足够让汪医生将整个病历再梳理一遍——林有惠，女，高二时被体育老师性侵，从此患上抑郁症，病情时好时坏，严重时曾自杀过两次。由于开始出现幻觉和幻听，从上个月起，她转诊到汪医生这边来。

"不好意思让你久等了，林有惠在睡觉，我怎么叫也叫不醒。"

"没事，我们聊聊也行，妳觉得林有惠还有救吗？"

"很难，她的记忆一直卡在某个时间点出不去，一天总要被性侵好几回。"

"妳何不劝劝她？"

"劝了，没用，我怀疑她根本就不想跳出来。"

"为什么不想跳出来？"

"惩罚自己和这个世界呗！因为她有精神洁癖，既然已经不洁了，再努力也没用。"

"妳呢？妳也这么想？"

"我？我跟她不一样，虽然我也气那个人渣，但日子总要过下去，不是吗？"

"的确是。"汪医生停顿了一下，"妳觉得睡着后的林有惠开不开心？"

"当然开心，她曾说她总梦见高二以前的事，那时的她无忧无虑，遇到的几乎都是好人。"

"那么让她一直睡下去，岂不更好？"

"什么意思？"

"就是由妳替代她。"

"我？那不好吧？！林有惠也不会同意。"

"妳何不问问她？"

这一问，早过了就诊时间，但汪医生取消下一位病患的预约，耐心等待结果。

"汪医生，不好意思又让你久等了，林有惠刚刚才醒来，我把你的建议告诉她，她说需要考虑一下。"

"是需要好好的考虑一下，那么我们下次见。"

结果"林有惠"这么一走，从此就没了消息，再见已是五年后……

"汪医生，你怎么在这里？"一名浑身上下散发着青春气息的女孩问。

"妳……妳是……林有惠？"汪医生张大眼睛问。

"是的。"她拉了一下身旁的男子，"这是我男友，你叫他阿哲就行，我们回国度暑假，现在又一起回美国念书。"

"几年级？"

"我研一，他研二。"

"挺好的，我也飞美国，你们坐的可是14:25飞芝加哥的那一班？"

"不是，我们飞西雅图，那里的秋天美得不像话，你有空也过去瞧瞧。"

"好的，有空的话。"

他们又寒暄了几句才道别。

待人离开后，汪医生的老婆才走过来，问："那女孩是谁？"

"她叫林有惠，是我曾经的病人。"

"病人？一点儿都看不出来。"

"是的，一点儿都看不出来。"汪医生喃喃道。

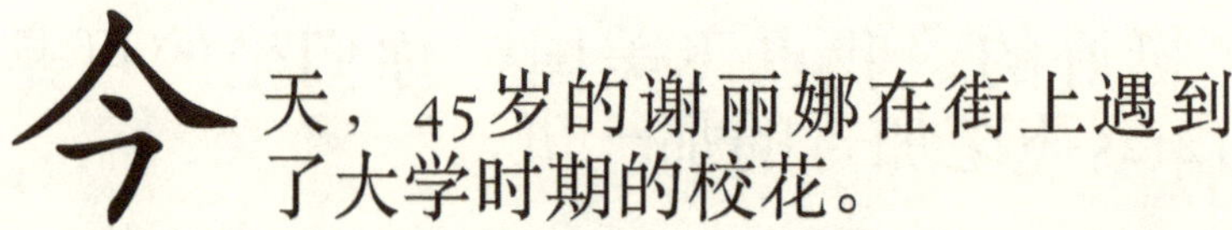

今天，45岁的谢丽娜在街上遇到了大学时期的校花。

"天哪！妳是……沈文茵。"谢丽娜惊讶问道。

"哈哈！妳好眼力，这么多年过去了，妳还是一眼就认出我来。"

其实不是谢丽娜好眼力，而是沈文茵那双灵动的眼睛还在，否则以她胖成球的身形，谢丽娜再怎么"法眼通天"，也不可能认出来。

两个不惑之年的女人不期而遇，当然得好好吧啦吧啦一下，于是她们找了家咖啡馆坐下。寒暄过后，话题转到了体重上。

"我记得上学那会儿，妳还不到１００斤，怎么一下子胖了那么多？"谢丽娜直言不讳地问。

"其实也不是一下子就发胖，而是日积月累的结果，没办法，我老公不让我上班，白天漫漫，总要有些嗜好。不瞒妳说，自从放开来吃后，我才发现以前错过了什么。"

"妳老公难道没意见？"

"他说生了两个孩子的女人，能保持这样已经很不错了，何况胖胖的我也很可爱。对了，妳是怎么保持好身材的？"

于是谢丽娜详细说给她听——早上以一杯黑咖啡和两个水煮蛋打发，中午是烤鱼搭配蒸蔬菜，下午茶是水果或几粒坚果，晚餐则是一碗汤。

"万一有应酬怎么办？"沈文茵继续问。

"如果有应酬，当天就只能吃一餐。"

"妳都严格执行了？"

"是的，倘若没克制住，我会用催吐惩罚自己，那个过程相当痛苦，所以我极少破例。"

"我太佩服妳了，换成是我，一天都坚持不下来。"

话一答完，服务员端来饮料和点心，谢丽娜点的是不加糖的绿茶，沈文茵点的是焦糖玛奇朵和两大块鲜奶油蛋糕。

"妳要不要也来一块？"沈文茵问。

"不了，我可不想催吐。"谢丽娜答。

接下来的对话，谢丽娜一直心不在焉，因为她的口腔不断分泌出唾液来，更糟的是还得听一个胖子诉说那蛋糕有多美味。

"实话告诉妳，就算妳吃的是全天下最可口的蛋糕，我也不会动心。"谢丽娜说。

"我跟妳不一样耶！想吃就吃，想喝就喝，人生已经够苦了，何必苦上加苦？"沈文茵停顿了一下，"我是说我自己，没说妳哈！"

两人道别后，谢丽娜安慰自己忍耐是值得的，因为她拥有人人称羡的好身材，然而经过炸鸡店时，她还是忍不住买了一块（这个决定很炸裂，因为她已经十多年未吃过油炸食品）。

"我可以忍受节食，但不能忍受一个快乐的胖子，看她吃得这么开心，我吃块炸鸡怎么了？"谢丽娜为自己的破戒找到开脱的理由。

大学时期的沈文茵曾一度让谢丽娜自惭形秽，没想到此人发胖后依旧能直击她的软肋，这才是谢丽娜无法释怀的。

（８０７）

从去年开始，袁平总能看见脏东西，他们有男有女，有老有少，有的飘着走，有的连五官都没有。

崔医生说袁平得了幻视，是精神分裂症的一种。

后来袁平做了核磁共振、吃了药、拜了佛，也打了坐，但一直未见效。谁能想到近日更甚，他竟然看见了未来，时间是15号（也就是明天）的早上6点零5分。

"有人死伤吗？"崔医生问。

"有，到处是警笛声和救护车的声音。"他答。

"发生地在哪里？"

"我看到大远百货的招牌，也看到长长的黄色有线桥，应该就在我们市里。"

崔医生沉默一会儿后，表示袁平的病情又加重了，他得加大药量。

拿上药单的袁平道谢后离去，崔医生则告诉站在一旁的护士停止接单，因为他要打个重要电话……

"喂！赶紧买3张飞大连的机票，今晚出发。"崔医生对太太说。

"怎么说风就是雨？何况咱儿子明天有考试。"他太太答。

"是生命重要还是考试重要？赶紧买就是，别那么多废话！"

所谓的遥视是一门伪科学，指能超越正常视力范围，看到遥远事物的一种特殊能力（时间上可以是过去、现在或未来），又称千里眼。

崔医生不清楚这位病患是真的患病了还是忽然有了超能力，只能"宁可信其有"。

（808）

段小兵相亲过11次，每位姑娘都觉得他太温吞了，恐怕保护不了自己，所以相亲过后便没了下文。他以为自己这辈子光棍打定了，没料到命运又为他送来第12位相亲对象。

"段小兵吗？"来者问。

"嗯！"

"我叫鲍美芳，"她一屁股坐下，"刚才来咖啡馆的路上，有人摸我胸，我立即让他学做人，所以迟到了。"

"没……没关系。"段小兵怯怯地答。

"有人摸我胸怎么没关系？"

"不，我不是那个意思，而是……是……迟到没关系。"

此时服务员过来问他们要点些什么？

段小兵要了柠檬红茶，鲍美芳则点黑咖啡不加糖，但加肉桂粉。

"肉桂粉自己加，在柜台上。"服务员面无表情地答。

"咦！你帮我加怎么了？就非得让我亲自动手？如果我亲力亲为，你凭什么领工资？"

后来，服务员还是照做了，但氛围变得相当紧张，段小兵决定先"破冰"。

"我叫段小兵，在银行工作，月收入……"

"你不用重复，乔阿姨都说了，我关心的是你对我还满意吗？"

根据乔阿姨的介绍，鲍美芳在烟酒公司上班，收入不错，身高一米六，颜质中等。段小兵今日一看，大差不差，外表和年龄能匹配得上。

"挺满意的。"段小兵答。

"既然满意，我们交往一个月试试，如果没什么大问题，咱们择日结婚吧！"她说。

"这……这么快？"

"当然得快，我已经34岁了。"

段小兵其实也想早点儿解决这件麻烦事，所以一拍即合。岂料接下来的一个月让他没齿难忘，因为鲍美芳就是个行走的火药库，走到哪里炸到哪里，甚至一度带他上了热搜，起因是两人去游乐园玩过山车，坐过一轮后，鲍美芳还想再玩，工作人员要她重新排队，她不肯，推搡间，双方都挂了彩，结果全被请进局子里。

"我们已经排过队了，人还在车上，为什么还得排？这不是霸王条款吗？"鲍美芳对段小兵说，"而且我是女孩子，他是男的，男的怎么可以打女的？"

确切来说，是女的先打男的，男的被动挡了一下，结果一来二去，最后演变成"真的"全武行，但在鲍美芳的认知中，她不过是"推"了对方一下，男的却打了她，这是不可原谅的事。

后来在警方的调解下，双方互道对不起，这件事就算结了。哪知有好事者将视频发到网上，不幸的是舆论全站在男方那一边，鲍美芳这下子完了，不仅接收到来自全网的恶意，甚至被人肉，连自始至终都"呆若木鸡"的段小兵也被波及，现在全国都知道段小兵是XX银行XX分行的柜员，住在上海市XX区XX路XX弄XX号XX室。

"小兵，这种女人不能要，还是赶紧分了吧！"这是段小兵的家人说的。

"小兵，娶妻娶德，宁愿单身也别引火上身啊！"这是段小兵的同事说的。

然而段小兵却坚定地选择不离不弃，并且期限（一个月）一到便急匆匆地与鲍美芳领证结婚，无视"反对者众"这个事实。

婚后，鲍美芳依旧火气冲天，连路边的野狗也会无端被她踢上一脚，可是段小兵却心无波澜，因为自从娶了恶女回家后，没人敢再欺负他这个老实人，他只需专心应付一个（自己的老婆）就够，相比从前，那要好太多了！

（8o9）

莉雅逢人就说她运气好，养了一只不争不抢不吵不闹的小狗，而且特别粘人，对谁都热情，唯一的缺点是怎么教都教不会上厕所，家里经常臭气熏天，她不得不请教兽医。

"妳的狗智障。"兽医宣布。

莉雅感觉很不可思议，怎么她的狗就智障了？

"你确定？"她问。

"确定。"兽医停顿了一下，"妳的狗认妳吗？"

莉雅的狗虽然友善，对每个人都摇尾巴，但待她并不"特殊"。

30

"可是我是它最亲的人啊！"莉雅答。

"我问的是——妳的狗认妳吗？"

"好像认又好像不认。"

"妳认为这正常吗？"

一语惊醒梦中人，莉雅终于正视这个问题。

"它还有机会恢复正常吗？"莉雅问。

"其实大部分的主人都没留意到自己的狗智障，有人甚至觉得狗呆萌一点儿更好。"

"你没回答我的问题。"

"好，我现在回答妳——妳的狗能够维持这个智力已经很不错了，未来随着年纪增长，也许还会更差。"

自从决定不生孩子后，莉雅便把狗当儿子养，如今医生宣布她的狗儿子智障，她虽感到诧异，另一方面却又觉得庆幸，还好没真的生出个智障儿，要不然这会儿哭死了。

"谢谢！我知道了。"莉雅对兽医说。

"别难过，养狗是宿命。"兽医安慰她。

"我不难过，真的，不会上厕所就穿纸尿裤呗！没什么大不了的。"

离开宠物医院后，莉雅身轻如燕，逃过一劫大概就是这种感觉吧？！

（810）

村里有一条河，名曰爱河，看起来潺潺流淌，实则水高浪急，如果不谙水性，分分钟会要人命。

这一天，阿灿行经爱河，忽闻有人高喊——国旗掉入水里了。

阿灿不由分说地往下跳，当他携带着国旗从水里冒出头来时，两岸传来欢呼声，阿灿感觉自己就像个民族英雄。

两日过后，阿灿又行经爱河。

"不好了，孩子掉进水里了。"有人高喊着。

阿灿犹豫了两秒钟，哀叹一声后，他脱下鞋，将鞋跟并拢，接著跳入水中……

（811）

Enrique是一名攀岩爱好者，他爬过无数个有名的悬崖峭壁和城市大楼，无一失手，可是自从遇见Olivia之后，他开始频繁失手，若不是身上有绳索系着，他早粉身碎骨。

今日，Enrique与短视频制作方签了协议，他将徒手攀爬将军岩，没有任何保护措施。

将军岩的斜度接近垂直且表面光滑，攀岩者无不视为畏途，何况身上还无任何辅助与防护工具。

"你一定要爬吗？" Olivia问。

"是的。" Enrique答。

"分手吧！"

"好。"

分手后，Enrique开始做攀岩前的准备工作，这包括体能训练和实地演练（当然系上了安全绳）。

到了正式攀岩的这一天，现场人员无不屏住呼吸，短视频制作方甚至拟定了B计划——万一Enrique掉下来，摄影依旧进行，后期再把血腥镜头做马赛克处理。

整个攀爬过程险象环生，好几次Enrique都觉得挺不过去，还好幸运之神站在他这边，他最终得到一百万欧元的奖金。

"Enrique，"Olivia奔向他，眼眶含泪，"我很高兴你完成了挑战。"

"还分手吗？"他抚摸她的头问。

"看情况。"她答。

这两人诠释了什么是真正的爱情！

（812）

因为琐事，纪城宇用水果刀捅死友人后服毒自杀，经抢救，最终从鬼门关回来。

"被告人纪城宇，男，1982年5月5日出生，住在XX市XX区XX路XX弄XX号XX楼XX室，无业，因涉嫌故意杀人罪于2023年7月1日被逮捕，现羁押于XX市看守所内。本院认为被告人故意非法剥夺他人生命，其行为已构成故意杀人罪，根据刑法第232条的规定，被告人纪城宇应当判处死刑，剥夺政治权利终身……"法官宣判。

纪城宇懵了，救他一命就为了让他聆听自己被判死刑，这他妈的也太搞笑了吧？！

"被告人，你对判决是否有异议？"法官问。

经法律援助律师提醒，纪城宇才知道法官正在问他话。

"有，既然要判我死刑，为何又救我？这岂不是浪费纳税人的钱？"

"这是两码子事，救你是因为人道，判你死刑是因为正义得以申张。"法官答。

三年九个月后，纪城宇被押上刑场，在这段被关押的期间内，他总共踩了10800个小时的缝纫机，又糊了2700个小时的纸袋，终于勉强抵消掉纳税人花在他身上的钱；反观他的"室友"吉大中就没那么幸运了，"只"关押了11个月就上刑场，谁让他少了医院那笔账单……

（813）

斯图尔特先生一打开庭院里的洒水器，不出五分钟，安达曼太太就来敲门。

"水洒到我家了。"她说。

斯图尔特先生看了一眼洒水器，再看一眼马路对面的房子，这个距离是不可能的。

由于前几次的交涉皆徒劳无功，斯图尔特先生决定另谋出路。

"安达曼太太，我昨天刚买了新茶叶，您何不到我家喝杯茶？"斯图尔特先生说。

"不，不用了。"安达曼太太显得慌张，"我习惯喝自己泡的茶。"

"那么吃块蛋糕也行，我太太刚好在，女人总有聊不完的话题，不是吗？尤其您先生不在了，也许您正想找人说说话……"

"抱歉，"安达曼太太后退两步，"我忘了炉子上还炖着肉，也许下次吧！"

隔天，安达曼太太改去敲马丁先生家的门，理由是他家的狗吵得她彻夜难眠。

"我家的狗是松狮犬，这种狗很安静，基本不叫。"马丁先生解释。

"它肯定是叫了，否则我不会整晚辗转反侧。"安达曼太太答。

"我说没叫就是没叫，如果它叫了，我怎会不知道？"

这两人为了狗到底叫了没吵得不可开交，最后在警察的介入下，暂时偃兵息甲。

离开马丁先生家的安达曼太太并不觉得有何不妥（孤寡老人多少有点儿拧巴，不是吗？），她不想整日闷不吭声，又不想接受别人的怜悯，只能用这种法子刷存在感……

（814）

宋微竹与蒋梦琪打小就有瑜亮情结，这样的明争暗斗直到宋微竹读完研究生，蒋梦琪远嫁日本才戛然而止。

今天，宋微竹在一场座谈会上偶遇蒋梦琪的父亲，这才知道蒋梦琪喜获三胎，成了名副其实的家庭主妇。

"听说蒋梦琪的老公事业有成，是多家公司的负责人。"宋微竹说。

"没有的事，不过是一名普通的上班族，也不知流言是怎么传的。"蒋父答，"对了，妳目前在哪儿高就？"

当得知宋微竹是一名天使投资人时，他

不无感慨地表示自己的女儿可惜了，她原本可以有更好的发展。

的确，像蒋梦琪这样琴棋书画样样精通且智商情商双在线的人，放在任何一个平台应该都会干得风生水起。

与蒋父道别后，宋微竹回到位于黄浦江边的豪宅，钟点工刚走，洗好的碗盘还在沥水……

当宋微竹终于能坐下来吃口热饭时，一通电话不期而至。

"宋小姐，老板想与您面谈，您看何时有空？"何秘书问。

宋微竹查了一下行程表，约了明天下午四点见面。

挂断电话后，宋微竹继续吃饭，但吃着吃着，失落与忧愁竟爬上心头……

她，一个38岁的大龄单身女性，住在每月得还贷58，000元的房子里，每周看20家以上的公司，每年花至少960个小时聆听创业者要怎么创造价值与改变世界，其他还有看不完的数据和报表。纵使兢兢业业、如履薄冰，娱乐活动也压缩到近乎为零，仍难免有看走眼的时候。此次大老板约见面，想必是对她近日来的表现不甚满意，她该如何应对？

想到在日本守着丈夫和3个孩子的蒋梦琪，宋微竹竟有微微的醋意，竞争了十多年，这是她第一次感到迷茫，不知奋斗的意义在哪里，果然高处不胜寒，哎……

刘慕琼是个追星族，她疯狂迷恋男演员黎承恩，某日竟潜入他的住所。

当黎承恩拍戏回来，发现家里来了一位不速之客时，露出迷惑的表情。

"你是不是很意外？"刘慕琼问。

"有点儿。"黎承恩走到吧台，"妳喝什么？威士忌、金酒还是白兰地？"

刘慕琼有些慌张，她还不到法定喝酒的年纪。

"可以给我果汁吗？我……17岁。"

哪知黎承恩立即变脸，果断下逐客令。

"拜托，别赶我走。"她哀求着，"不管什么酒，我喝就是。"

然而无情的铁门还是关上了，刘慕琼万般后悔地蹲坐在门口，思忖等天一亮，她再找机会向黎承恩道歉。

过了好一会儿，一辆轿车急驶而来，从车上下来一位冷艳型的女子，她看了坐在地上的刘慕琼一眼，问："被退货了？"

"我不是来送货的。"刘慕琼解释。

女子冷笑一声，接着按下对讲机。

"谁？"男人问。

"送外卖的。"

门开了，女子推门而入。

约一个小时后，女子离开，刘慕琼走上前按下对讲机。

"谁？"男人问。

"警察。"

男人飞快挂了对讲机，刘慕琼心目中的男神也瞬间瓦解，风一吹，什么都不留……

传歌手谢峰的新婚妻子是名媛速成班的学员，一时议论纷纷。

"峰，晚上吃饺子好吗？"姚孟纱问。

"嗯！"

"再来碗汤？"

"嗯！"

饭桌上，尽管姚孟纱努力带动气氛，谢峰仍一语不发。

"我去洗碗了。"她说。

话音刚落，谢峰火速抓住她的纤纤小手，问："妳认识丹丹姐吗？"

姚孟纱的心喀噔了一下，心想该来的终究躲不过。

"认识，她是我发小的姨妈。"

"那……"

"没有，我以我父母的性命发誓，如果你还是不信，我只能以死明志，因为失去你的信任，我已生无可恋。"

看妻子泪眼婆娑，谢峰流露出懊悔的神情，两人很快言归于好。

时间往前推两年，丹丹姐问谢峰有什么要求？

"年轻、漂亮、听话。"他答。

"没问题，只要你说得出，没有我丹丹姐给不了的。"

"对了，妳可千万保密，就算对新娘子本人也得守口如瓶，因为我希望她永远活在自己的谎言里。"

"此话怎讲？"

"说了一个谎就得用更多的谎来圆第一个谎，到最后她已经分不清真假，只能跟着自己的人设走，这才是定制老婆的最高境界。"

丹丹姐点头如捣蒜，此刻的她已经分不清自己是甲方还是乙方，不过这不重要，老鸨向来都是两面通吃……

（817）

为了复兴前政权，Pong成了激进份子，行动失败之后，他四处流窜，已到了穷途末路的境地。

Pong的父亲收到求救信后，连夜赶往维蒙府北部的小村庄。

"爸，不是让你一个人来吗？" Pong对父亲说。

"你受伤了，这位是医生。" 他的父亲解释。

虽然来者的样貌看起来不像医生，但基于对父亲的信任，Pong还是伸出手臂，只一会儿的工夫，Pong便没了声息。

"他走得很快，基本没什么痛苦。"同行男子说，手里还拿着针管。

"这是最好的结局，绝不能姑息异议份子！"Pong的父亲答。

"很好，"男子拍拍他的肩膀，"国家就需要像你这样大义灭亲的人。"

男子走后，Pong的父亲抱头痛哭，声音之凄厉连远在家乡的五名男丁（Pong的弟弟们）也接收到了，一个个心悸得厉害！

（818）

当老国王在世时，一切尚属平静，等他一驾崩，一些细微的声音开始出现，保皇党立即寻线追踪，货车司机阿南被抓个正着。

"跪下！"保皇党员推他一把，"好好反省你的错误。"

"我犯了什么错误？"阿南问。

"不得议论王室，而你议论了。"

"哪怕我只是说新国王长得像猴子？"

"哪怕你只是说新国王长得像猴子。"

阿南无语了。

七日过后，阿南走出拘留所，警察告诫他别再乱说话。

"会的，不经一事不长一智。话说回来，咱们的新国王没猴子机灵，仔细一看，其实也没那么相像。"

话一答完，阿南又进了小黑屋。

今天，白若曦和男人手牵手走在大街上，一个女人冲过来，不由分说就给白若曦一个大耳刮子。

"干什么妳？"男人护住白若曦的头，"疯婆子！"

"呵！我是疯婆子，那她是谁？一个专门勾引有妇之夫的烂X，也只有你这个傻B才会被耍得团团转，我是倒了八辈子血霉才……"

男人的妻子骂得越凶，沉默的白若曦就显得越发楚楚可怜，这勾起男人的保护欲，不管妻子如何撒赖放泼，他就是护住小三不放手。

"你……不爱我了吗？"男人的妻子哽咽问道。

"不爱了，就算全天下的女人都死绝了，我也不可能爱妳！"

此次交锋，白若曦完胜。

几日过后，戴若曦和男人手牵手走在大街上，一个女人冲过来，不由分说就给戴若曦一个大耳刮子，戴若曦也不是吃素的，两人扭打在一起……

男人见状，悄咪咪地走开。

此次交锋，出轨男人完胜。

（820）

青竹偶然在网上看到诈骗犯的照片，怎么看怎么像是寄宿家庭里的另一名学生K，可是她不动声色，直到K搬离了，她也没想过报警。

几个月后，青竹凑巧在社区公布栏上看到抢劫犯的照片，怎么看怎么像是住在巷底的老墨，可是她无动于衷，直到离开卡梅尔小镇，她也没想过报警。

两年后的某天，同学告诉她新来的转学生很可疑，老是说祖国的坏话，这次青竹直接跳起，立马就报告大使馆，不带一丝犹豫。

（821）

一个和尚走在乡间小路上，一不小心踩死了一只蜗牛，他立即双手合十，嘴里念着《地藏菩萨本愿经》。

"你在干嘛？"路过的小学生问。

"我在替蜗牛超度。"和尚答。

"什么是超度？"小学生又问。

和尚解释超度是为亡者祈求冥福，借以减轻轮回恶道的困扰。

小学生挠挠头，表示听不懂。

于是和尚告诉他——超度后的蜗牛会很快乐。

"你能不能也替我超度？"小学生说，"我每天都有写不完的作业，还经常挨骂，我很不快乐。"

于是和尚为他念起了《般若波罗蜜多心经》："观自在菩萨，行深般若波罗蜜多时，照见五蕴皆空，度一切苦厄。舍利子，色不异空，空不异色，色即是空，空即是色……"

小学生心想原来超度就是念咒语，像哈利·波特念的一样。

（注：哈利·波特是英国作家J.K.罗琳的同名小说系列中的主角，是一个具巫师潜能的虚构人物。）

1992年，陈照泓在一座美丽的欧洲小镇邂逅了一位美丽的姑娘，她的性情温和，总是笑容满面，像静静吐露着芬芳的空谷幽兰……

陈照泓很想娶她回家，但身为大学教授的父亲却竭力阻拦，理由不是"非我族类"，而是姑娘的学历不高，做的还是收银员的工作，恐与陈家的书香门第格格不入。

从小到大，陈照泓都没让家人失望过，这次也一样。

几年后，Jacqueline嫁给了世界知名的网球运动员，消息上了国内新闻，陈照泓因此郁郁寡欢了好一阵子，后来虽打起精神，但伊人的倩影一直挥之不去，直到二十年后另一则消息传来——网球运动员车祸成植物人，妻子散尽家财只为保夫命。

陈照泓仔细一读，原来这是一条旧闻，Jacqueline其实已经照顾植物人丈夫逾15年，不管旁人如何劝说，仍坚持不安乐死，纵使家产花光殆尽，孩子们不得不提早辍学也在所不惜。

读完，陈照泓沉默良久，这的确像是他的白月光会干的事，如果当初娶了她，而自己又不幸成了植物人……

想至此，陈照泓不禁脊背发凉。

（823）

阿秀是个未婚姑娘，当她挺着大肚子出现在婚姻介绍所时，被那里的红娘好一通冷嘲热讽，阿秀的脸青一阵紫一阵的。然而几日过后，曾对她大张挞伐的红娘却180度大转变，声称有个合适人选，如果看对眼，马上就能扯证。

"他……知道我的情况吗？"阿秀小声地问。

"知道，不就是找个接盘侠吗？"

这下子阿秀反倒犹豫了，不介意替别人养孩子的男人……正常吗？

"妳怎么不出声？"红娘沉下脸来，"过了这个村可没这个店，要不我回了？"

"不不不，"阿秀急了，"我……我还是见一面吧！"

想娶阿秀的男人是个保险业务员，长得斯斯文文的，戴着一副金边眼镜。

寒暄过后，男人邀请阿秀回家见他的父母。

阿秀一听，心都要跳到嗓子眼了，赶紧表示自己还没准备好。

"要什么准备？我的车就在外面，半小时就能见上面。"男人说。

阿秀本想再次拒绝，但一琢磨，男人可能打的是"速战速决"的策略，也好，如果他的家里人不同意，就别浪费彼此的时间了。

茅塞顿开的阿秀一点头，两人即刻上车。

半小时过后，阿秀出现在男人的父母面前，可是场面不像她想的那样。

"要嘛让我娶阿云，要嘛让我娶阿秀，二选一。"男人对双亲说。

"这……"男人父亲指着阿秀的肚子，"这都快临盆了，不娶说得过去吗？"

男人遂解释阿秀肚里的孩子不是自己的，两老听完后，眼睛瞪得比铜铃还大。

后来男人开车送阿秀回家，阿秀越想越委屈，在车里哭得稀里哗啦。

"别哭，我不会让妳做白工，给我妳的二维码。"男人说。

当阿秀看到汇款数字（￥50）时，一会儿哭一会儿笑，像个疯子似的。

（824）

连续被相亲对象拒绝后，杜建军决定自己打造心目中的理想妻子，目标直指15岁以下少女，因为这个岁数的女孩单纯，还未被社会的不良风气带坏。

在网上冲浪许久后，杜建军终于找到一位来自大山的未成年人小玉。

妳几岁？

13。

读初一？

没读了，父母不在，爷爷奶奶又管不了我，我是自己逃出来的。

妳目前靠什么维生？

我还未成年，商家都不敢雇用，王哥哥
看我可怜，给我吃，又给我住，有时还
会给我钱。

王哥哥多大了？

25，但看起来像我二伯一样老。

他结婚了没？

没，他说不是他不想结，而是现在的女
人都太精了，不是理想妻子的模样，他
要自己打造。

杜建军一读，两眼发光，打字的速度更
快了。

他要怎么打造？

没说，事实上他很少说话，要说也是命
令我做这做那，还不允许我上网。

那妳现在是怎么上的网？

翻墙啊！每当王哥哥睡着后，我就翻墙
出去，网吧里有吃有喝，还能打游戏，
怎么也比待在屋内强，何况王哥哥睡觉
时会打呼，吵得我整晚睡不好。

妳和他一起睡觉？

没办法，家里只有一张床，只能挤一块儿睡，但睡觉就睡觉呗！他这个人还有个坏习惯，老喜欢趴在我身上尿尿，还会到处乱摸，如果不是没地方去，我真想一走了之……

杜建军边读边冷汗直流，一时竟想不起自己上网为哪般？

（825）

黄小明的爸爸在镇上开了一家面包店，一名流浪汉上门讨吃的，黄爸给了他两个面包，外加一瓶水。没过多久，另一名流浪汉也上门讨吃的，可是黄爸却不假辞色地赶他走，黄小明很不明白，同样是讨吃的，为什么会区别对待？

黄爸解释："第二位流浪汉的手里夹着烟，有钱买烟却没钱买吃的，这不挺可笑的？记住了，千万别让居心不良的人利用了咱们的爱心！"

黄小明听完，点头如捣蒜。

那位被黄爸赶出店外的流浪汉很沮丧，

只能猛抽手里的烟屁股，那是不久前他
从地上捡拾的，烟身还留有些许温度……

（826）

我是一只屎壳郎，每天都要吃下大于自身体重的粪便，否则便会全身无力、精神萎靡。

据说我们在古埃及是神圣动物的象征，有位作家还将我们写进小说里，不过这些对我来说都不重要，除了找粪、运粪和吃粪，我的小脑袋瓜里装不下别的。

这一天，一名人类幼崽抓到我，将我放进一个纸盒里，见我对投喂的食物不感兴趣，只好搬来救兵。

"老天！这是屎壳郎，吃大便的。"救兵说，"快丢掉！脏死了。"

人类幼崽照做，现在的我在排污管里载浮载沉，不敢相信自己竟会如此好运气，坐拥金山银山大概就是这种感觉吧？！

此刻的我，无比幸福！

Mary是乔纳国的外交部发言人，当被外国记者问到乔纳国的人民是否拥有言论自由时，她斩钉截铁地回答Yes。

新闻发布会结束后，Mary坐车离开外交部，当行经民主广场时，几个手举标语，嘴里还喊着口号的人正被警察押上警车。

Mary将车窗摇上，像什么事都没发生过。

在Mary的眼里，真正的自由不能凌驾于国家之上，只要不批评国家，怎么说都行，意即她今晚的发言并无不妥，乔纳国的人民的确拥有"正确"的言论自由。

没过一会儿，车子忽然剧烈摇晃起来，不用说，肯定是柏油路面上的坑洼还未填补。

"搞什么？都一个礼拜过去了，怎么市政府还没……"司机忽然住嘴，迅速看向后视镜，后视镜里的Mary也在看他，"还没……还没接到民众的报修电话？"

Mary大松一口气，这年头好司机难找，她可不想频繁更换司机。

（828）

飞龙国在C总统的领导下国泰民安、歌舞升平，但贪官污吏日益增多也是不争的事实，他的幕僚建议他及早铲除，免得养虎为患，然而C总统却不为所动。

次年，国内政局动荡，反执政党的游行活动如火如荼地进行着。C总统见状，开始反腐倡廉，一共捉获9名官员，没收不当所得48亿元，群众一片叫好，原本的示威活动变成歌功颂德的大型集会，警察不仅没驱赶，还帮着维持秩序。

交口称誉下的C总统果然在下届选举中胜出，可惜连任的宝座还未坐热就赶上金融海啸，飞龙国的经济急剧下滑，失业人口不断攀升，民众苦不堪言，纷纷上街头抗议。

眼看局面就要失控，C总统再次下令抓贪官，一共捉获2168名官员，没收不当所得13万亿元。有了这笔巨款，飞龙国的经济终于止跌回升，危机解除了不说，C总统的民众支持率还创下新高。

至此，C总统的幕僚终于明白他的高瞻远瞩与用心良苦，原来养虎不一定为患，养肥了再吃，更好！

（829）

贝里托恃才傲物、目空一切，就算是天皇老子来了，也不能让他低头半分，然而他的爱妻忽然染上恶疾，所有民间大夫皆束手无策，他不得不请求觐见圣上。

"贝里托，听说你心高气傲，几次召你进宫皆被拒，怎么今日忽然请求见朕？"皇帝问。

"陛下，我来是希望御医能替我的妻子治病。"

"那有什么问题？只要你下跪，我就让御医前去替你的妻子治病。"

贝里托思考了一下，还是下跪了。

"你下跪的姿势不对。"皇帝说。

"我该如何下跪？"贝里托问。

"你不是很聪明吗？自己琢磨去吧！"

贝里托试了不下20种跪法，皇帝依然说不对。

"罢了，"贝里托起身，"我回家琢磨吧！"

回到家的贝里托又试了好几种跪法，他的妻子看了心酸，悄悄咬舌自尽了。

贝里托发现妻子没了后，收拾起悲恸的心情，向她行了个最敬礼，那是他琢磨了108种跪法后，最好的一个。

（830）

黑土国被白云国奴役了近50年，最后在游击队和他国的帮助下夺回主权。

当全国上下载歌载舞地庆祝胜利时，负责播放音乐的人一个不小心，误放了白云国的集结号。

黑土国人民一听，迅速排好队，嘴里唱著白云国的军歌，声音响彻云霄。

（831）

今天是福特警官的休息日，当他遛狗遛到第八街与第九街的交界处时，看见一名小男孩上了冰淇淋车。

"嗨！请给我一个香草口味的冰淇淋。"福特警官说。

"好的，稍等。"小贩打了冰淇淋，"这是你的，2.9英镑。"

福特警官付了钱，接着问车上为什么会有一个小男孩？

"我让他自己打冰淇淋。"小贩答。

福特警官立即向男孩求证，男孩证实了小贩的说法，同时强调这是免费的。

"孩子，世界上没有免费的冰淇淋，你立马下车。"福特警官说。

男孩当然不愿意，福特警官遂拿起随身携带的对讲机请求同事前来支援。

知道眼前是便衣警察后，小贩将男孩推下车，接着火速将车开走。

到嘴的冰淇淋就这么没了，小男孩对福特警官怒吼："我恨你！你是个混蛋。"

看着那张不甘心的小脸蛋，福特警官的记忆一下子跳回到23年前，当时的他还是个8岁孩童，被冰淇淋车小贩从车上推下，他摸摸自己的屁眼，那里椎心的疼………

（832）

经过激烈的竞争，研究生毕业的尤梅君终于考进国企，然而上岗前，HR却告诉她岗位取消了，现在尤梅君只能到30公里外的街道办事处上班。

"这不是儿戏吗？岗位怎么说没就没了呢？"尤梅君气愤问道。

"妳刚就业，很多事情不明白，我也是争取了很久才为妳争取到没那么远的另一个岗位。"

看HR依然在打太极拳，尤梅君改变策略，既没对着干，也没明确表示接受，为的是替自己争取时间查个水落石出，果然……

"妳说谎！"尤梅君脸色铁青，"那个岗位并没有被取消，取代我的还是一名大专生！"

HR欲言又止，这让尤梅君更加确信自己正是被牺牲的那一位。

"听着，我寒窗苦读了二十年，忽然被一个不如我的人给取代了，换成是妳，妳甘心吗？"她哽咽问道。

这次HR没有欲言又止，而是建议她据理力争。

"就这？不应该是妳替我据理力争吗？"尤梅君问。

"不，我只能替妳上报，妳得自己据理力争。话说回来，妳已经准备好接受据理力争后的结果吗？"HR问。

尤梅君当场并没有表态，几日过后，她还是到街道办事处报到。

这个结局让HR大松一口气，想当初面试时，她特意给看起来好拿捏的尤梅君打高分，如果事与愿违，那可真是搬石头砸自己的脚啊！

林达是一位模特儿，这一天，她正在伸展台上排练走秀，经纪人批评她的手摆动得太厉害，看起来很不协调。

"这是我的个人特色。"林达说。

"那不叫个人特色，那叫标新立异，妳若想继续走秀就别搞特殊，否则给我下台来。"经纪人不假辞色地怼回去。

五年后，林达第一次站上国际舞台，并以特殊的手摆姿势受到全球瞩目，记者问她的经纪人对此有何看法？

"那是她的个人特色，我没什么好说的。"林达的经纪人答。

碰巧看到这一幕的林达感慨万千，她等待了五年才觅得一个绝佳的机会去证明自己是对的（上台前，她并没有知会经纪人届时会搞"特殊"），而那个长期否认与打压她的人却用短短两句话带过，这公平吗？

此时，记者发现了林达，问她有什么话要说？

"我要感谢我的经纪人，是他让我尝到涅槃重生的滋味，还有，我的合约即将到期，希望新合约能让我满意。"她答。

镜头转向林达的经纪人，他点头如捣蒜。

（834）

今天，潘启研在网上冲浪，看到一位博主发出灵魂拷问——写作十年，终于有出版社伸来橄榄枝，只有分成，我该不该签约？

潘启研往评论区一瞧，那里已经筑起高墙，清一色全是劝退，理由是先给一笔版权费是常规，否则就是白嫖。

"不是还有分成吗？"潘启研忍不住发表看法，"再说了，博主已经苦等十年，与其将作品束之高阁，倒不如试试。"

岂料此言一出，群起攻之，潘启研寡不敌众，只能灰溜溜地换平台。几番浏览下，他看到了一则寓言故事，内容如下：

有个人抓了一篓筐的臭虫，打算隔日卖给油炸昆虫的小贩。夜里，有一只臭虫（姑且就叫它小强吧！）拼命想往外爬，可惜总不能成功，因为底下的臭虫会合力将它拉回。

"为什么拉我？"被拉至篓筐底的小强气愤问道。

其他臭虫你一言我一语，全是"好心"劝退，理由五花八门。

"这样吧！我力气大，可以背一只同伴往外爬，愿意的举手。"

小强话一说完，所有的臭虫皆举手。

读完故事，潘启研脊背一凉，心想——臭虫之所以臭，不是没道理啊！

(835)

知道女医生死了，杜诗兰露出胜利的笑容。

时间往前推13天，女医生在泳池里与一名17岁的未成年人发生争执，理由是对方非礼她。

有人说泳池里人多，不小心碰到极有可能，不需要吹毛求疵，但女医生表示对方就是有意为之，不存在误会一说。

见女医生拼命解释，而且是"好为人师"型，杜诗兰来了精神，几番唇枪舌战下，成功吸引一批批的"杜诗兰们"进场围剿，女医生身心疲惫地离线。

次日，杜诗兰阴阳怪气地跟女医生道早安。

"听着，我不明白妳为什么死咬着我不放？妳不用工作吗？妳不用读书吗？还是把时间用在更有意义的事情上吧！"女医生回复。

"怎么办？昨晚我梦到妳被一群未成年人轮番性侵，我就血脉偾张，既工作不了，也读不进去一个字，妳救救我吧！"

女医生一生循规蹈矩，何尝听过这样的污言秽语？果断拉黑。

杜诗兰不死心，用另一个号去轰炸她，13天后终于在她和"同好"们的不懈努力下传来捷报。

绞死一个后，杜诗兰紧接着寻找下一个，目标直指较真型，这种人最容易以死明志，也是最佳的狙击对象，这可比虚拟的杀人游戏好玩多了。

（836）

火星村和牛舌村因为一条河闹得鸡犬不宁，这一天，牛舌村又抱怨上游的火星村污染水源，双方发生严重口角，牛舌村村民忍无可忍，利用租来的无人机向火星村散发传单，上面皆是辱骂人的话；火星村也不惯着，直接在河里下药，导致牛舌村村民上吐下泻。这一来，两村算是彻底决裂，动武成了无可避免之事。

三星镇镇长得到情报后，一个头两个大，他原是牛舌村村民，理应胳臂往内弯，但职责所在又令他不得不中立，所以很是苦恼。

思来想去，与其两面不讨好，镇长决定将格局打开……

当两村村民听说镇长要施工导流（把原先流经火星村和牛舌村的河流导向嗷嗷村）时，架也不打了，集体蹲守在河流两岸，誓死要与河流共存亡。

解决了立即的危机后，镇长接着釜底抽薪，随机将两户火星村的村民移居到牛舌村，又将两户牛舌村的居民移居到火星村，两村"联姻"后，再也没有狗屎事发生，完美！

（837）

郑西宽喜欢吹笛子，偶尔也写诗，奈何家境实在太贫寒，自己又正值血气方刚，渐渐便沦为古惑仔，也就是所谓的黑社会混混。

这一天，郑西宽和同伙走在路上，不小心与人发生碰撞，一言不合便大打出手。别看郑西宽的个头最小，却是最拼命的那一个，连连干倒好几个，即使头破血流也在所不惜。

十几年后，郑西宽从收保护费的小弟一跃成为KTV老板，虽然开业期间时有纠纷发生，但都被他给"大事化小，小事化无"，偶遇狠人，甚至连"卑躬屈膝、低声下气"也干得出来。

"哇操！你的'天不怕地不怕'跑哪儿去了？"他的昔日同伙笑话他。

"人总得长大，成天打打杀杀也不是办法。"他答。

话是这么讲，但只有郑西宽自己心里清楚——年轻时他穷，命不值钱，现在生活好了，当然惜命，所以能不动干戈就不动干戈，真要动干戈，他也没在怕，只是上阵的不会是他，而是命不值钱的小弟，就像他当年一样……

（838）

从前从前有一个集权国家，只要人民不听话就会被关进牢笼里。后来，连逮捕人民的警察也不听话，最高领导人索性打破牢笼，让整个国家成为一个大监狱。

"这下子安全了。"最高领导人想着。

（839）

今天，范明哲又去讨薪，结果没变，还是那句话——范明哲学历造假，按规定开除，薪水不予发放。

"就算我造假，好歹也工作了20多天，怎能一块钱也不给？"范明哲说。

于是HR给他转了一块钱，正因为这个侮辱性的动作，范明哲失去理智，他拾起桌上的圆珠笔刺进HR的颈部，当场血流如注，而他也戴上了银手铐。

事情发生后，人们议论纷纷，更多的是指责19岁的孩子过早放弃学业，如果读完大学再就业就不需要学历造假，也就不会有如此的悲剧发生……

躺在病床上的HR看完评论，心想："我他妈的大学毕业，还他妈的没学历造假，就因为执行他妈的公司决定，结果他妈的躺在医院里，这根本就不是他妈的有没有过早放弃学业，而是我他妈的运气背，如果来的是他妈的软柿子，我还他妈的好着呢！"

（840）

鸵鸟原产于非洲，是世界上最大的鸟类。它们以长颈、长腿和快速的奔跑能力而闻名，有生长快、繁殖力强、易饲养等优点，在许多国家被广泛驯养……

以上是百科词条，现在我要告诉你的是一个不列于百科上的大秘密，那就是母鸵鸟每次下蛋17个，不多不少，所以动物园会利用这个特性，偷偷拿走其中几个。当母鸵鸟发现下蛋下少了，便会继续下蛋，直到凑满17个为止。

"一次下蛋17个未免过多？"你问。

“不多不多，”我答，“有些鸟类一次能下二十几个蛋。”

“噢！那听起来也还行。”

“你就没瞧出哪里不对劲？”我问。

你想了想，得出“动物园很狡猾”的结论。

我哀叹一声，果然一骗一个准。

（841）

34岁那年，我跳海自杀了。阎罗王说我的阳寿还有12年，由于我临阵脱逃，所以处罚我每天同一时间都得跳海一次。

起初，那真是痛苦万分，口耳鼻和肺部相继进水所带来的剧烈撕裂感和灼烧感，等于再死一遍。后来我想通了，横竖都得经历，我何不苦中作乐？于是每天换着花样跳水，有时直体，有时屈体，有时抱膝，有时翻腾兼转体；水花也从一开始的炸鱼演变成压水花，也就是所谓的"水花消失术"。

当我的寿命终于到头，阎罗王放我去投胎时，我无比兴奋，因为接下来的这一世终于有拿得出手的天赋（跳水），而不是一无是处、光会吃苦的可怜虫。

（842）

寻寻觅觅，阮其桂终于找到一家愿意公费出版的出版社，谈得正好时，编辑丢给他一道题：

您为什么要出书？

A、 为名。

B、 为利。

C、 为名与利。

D、 只要能出版，其他可以忽略不计。

"这是？"阮其桂问。

"请回答。"编辑答。

阮其桂心想出版当然为了名利双收，这还用问吗？于是选择C，结果编辑将出版大门关上，把他给整不会了。

心有不甘的阮其桂换了个小号卷土重来，这次他选了B，心想自己正缺钱用，如果能有个三、五万块，他就知足了，岂料还是被编辑劝退。

第三次，阮其桂选了A，心想没钱，有名气也行，然而编辑还是给他软钉子碰。

"合着是要我选D？他奶奶的，我就看编辑要怎么自圆其说。"阮其桂愤怒想着。

得到答案D的编辑沉默良久，经阮其桂再三催促才又问了第二道题："您写作多久了？"

阮其桂心中暗啐，但仍耐着性子反问："这有关系吗？"

"有。"编辑答，"如果您的写作时间不长却能看破，代表答案存疑。不瞒您说，我社要找的是多年怀才不遇，只求一个出版机会的'老'作者。"

这下子阮其桂懵了，难不成出版社成了慈善机构？

编辑表示那倒也没有，因为出版市场变幻莫测，既然都是"赌"，当然得选"不给自己添堵的"，那些苦于无人赏识的作者，即使销量不理想，对出版社只会怀抱"知遇之恩"；相反的，野心勃勃者只会埋怨，殊不知90%以上的书籍都扑街，不赚反亏。

"那……我看我还是找别家吧！"阮其桂说。

"没关系，祝您写作愉快。"编辑答。

阮其桂的计划是再给自己20年的时间，如果还是无法公费出版，那也只能吃回头草啰！到时候就真的是答案D（只要能出版，其他可以忽略不计）了。

今天，我家阿姨跟我说她不想月结工资，想日结。

"为什么？"我问。

"这样比较清楚明了。"她答。

我拿出计算器一算，一个月8000元工资，扣除4天休息，每天就是296～333元（依大小月和有没有闰日的不同而有所差别）。

"如果妳一定要日结，那就按每天296元计算。"我说。

岂料阿姨一口答应下来，我心想这不是傻了吗？如果逢大月（31天），日结下来尚能拿到7992元/月；若逢二月不闰日

（28天），一个月就只能拿7104元，怎么看都是雇主占便宜。

可是接下来我就笑不出来了，因为阿姨自从日结后，请假日数增多，后来我才知道她跑到医院当陪护，一天能有500元收入，不过这种活儿很累，一周一次到头了（掐指一算，我没赚反亏）。

果然想赚劳动人民的"小钱"难如登天，但赚"大钱"却容易多了，我看我还是让阿姨投资我的烧烤店吧！

（844）

二战期间，情报人员M被敌军抓获，经过一系列身体与精神的折磨，M已奄奄一息。

"拜托，别再死撑了，告诉他们实情吧！"翻译员S说。

M咬紧牙关，硬是一个字也不肯透露。

S看不下去，转而向执行酷刑的军官求情，反而挨了一巴掌，这些M都看在眼里。

两年后战争结束，存活下来的M却患上创伤后应激障碍，不得不从军队退役。退役后的M由于病情一直没有好转，生活得很不如意，他把一切过错都归在S头上，认为是S造成了他的不幸，并且进一步走上复仇之路。

经过不懈的努力，M终于找到S。

"还认得我吗？"M问。

此时的S坐在门廊的摇椅上，听见来人操着一口异国语言，他的记忆一下子回到从前。

"记得，你是那个倔强的情报员，当时我很害怕你会一命呜呼。"S答。

"别讲那些没用的，你知道我为什么来找你吗？"

"不知道。"

"我是来取你性命的。"

"呃！为什么？"

一句为什么让M怒火中烧，如果不是S，他不会妻离子散，也不会至今还被恶梦缠身。

听到M的控诉，S表示自己只是一名翻译员。

"可是你却是那时候唯一有良知的人，然而你什么也没做。"M答。

S听完心头一紧，这岂不是强行入罪？但仍耐着性子劝说，可惜M全听不进去。

"既然这样，陪我吃最后一餐吧！"S说
。

M勉强同意，两人进屋后十分钟，S打电话报警。

"入室袭击者现在的状况如何？"接线员问。

S看了看躺在地上的人，回答："他的脚动了一下。"

"知道了，请保留现场，警察和救护车马上过去。"接线员说。

挂断电话后，S再度举起儿子的棒球棍，但只一会儿工夫便放下。

没办法，心软是他的软肋。

（845）

4〇岁高龄才尝试丑角角色的丁凤渝一夜之间大火，采访接踵而至，可是她却一一谢绝，谦称自己只是幸运，遇到了一个好角色，任何人出演那样的角色都会演得比她棒，倘若想采访，那就采访剧中的男女主角吧！他俩是她见过最用心的演员，每个眼神和动作都经过反复推敲，配得上视帝与视后的名号。

嫌"借花献佛"还不够，丁凤渝接着让助理通知各大媒体——下周一早上十点她要到本市安康路上的安康养老院探望老人，这是私人活动，请不要跟拍。

（846）

房价崩塌前，千穗里已早先一步卖掉唯一的住房，净赚1亿日元。如此先知先觉，她母亲逢人便夸女儿眼光独到，如果放到现在，别说赚了，能不亏就已是万幸。

千穗里的母亲并不知道女儿把卖房赚来的1亿日元投入股市，买时一股242元，现在降到每股59元，她想死的心都有，却还要佯装若无其事的样子，简直百爪挠心！

某天，千穗里的老公一进门就说："妻，国家出手救股市，妳明天就把卖房钱全取出来，咱们买股票去。"

千穗里欲言又止，她老公感觉不妙，赶紧打破砂锅问到底，当得知老婆已早先一步买了股票时，直呼高明！

"你……不生气？"她小心地问。

"我干嘛生气？我们马上就要成为富翁啦！"她老公兴奋地答。

事实证明他俩也曾短暂当上"富翁"（股票触底反弹，最高时曾达到每股68_7元），只是抽身太慢，很快又被套牢。

"开饭了，夫。"千穗里说。

"吃吃吃，每天就只知道吃，我都快烦死了。"

"别烦，"她夹了一筷子地瓜叶到自己碗里，"烦又不能解决问题，烦出病来才不值呢！"

话说千穗里也烦，但与独自承担股票下跌的苦楚比，那简直快活得不得了。说到底，是千万人的哀嚎消弭了她一人的紧张焦虑（尤其她老公也被拖下水），以致于她从未像此时此刻一样如此感恩所发生的一切……

打

工太辛苦了，汤亦辰决定回家啃老去。

面对忽然出现的儿子，两老很是开心，大鱼大肉伺候着，但很快便发现了不对劲。

"儿啊！你打算什么时候回去上班？"他母亲问。

"不上了，每天累得要死，赚的还不够买包烟抽。"

他父亲紧接着问他对未来的打算，汤亦辰答他想写作，网上所谓的爆文写得还不如他，他认为这是日进斗金的好机会。

汤爸汤妈并没有马上打击儿子的异想天开，然而一年过后还是破防了，双方发生激烈争吵，一篇文章也没写出来的汤亦辰不得不灰溜溜地重回职场。

反观柳石就聪明多了，他跟父母说自己想考公务员，两老高兴坏了，不仅全力支持，逢人还说自己的儿子有理想、有抱负。

就这样，柳石在家一躺就是五年，年年都落榜，可是玩游戏却玩成了大神，就问您服不服？可怜柳爸柳妈仍被蒙在鼓里，以为房门后的儿子还在辛苦备考，连话都不敢说得太大声，免得影响他学习……

（848）

逍遥国负债2000亿元，财政部长急得跳脚，W总统却老神在在，理由是——逍遥国有2亿人口，分摊到每个人头上只有区区1000元而已，不多不多。

没过多久，某府发大水，由于太晚发警讯，加上排水系统不良、事后解救行动又迟缓，酿成了重大伤亡。

见摊上了大事，内政部长一夜白头，W总统却气定神闲，理由是——逍遥国有2亿人口，事故只死了几千人而已，不急不急。

转眼到了总统大选的日子，由于平日怠惰因循、疏于管理，他的幕僚对选举结果很是担心，总统却不疾不徐，理由是——逍遥国有2亿人口，流失几张选票很正常，不慌不慌。

事实证明果然如同W总统所言（他又高票当选了），毕竟谁也不会将票投给正在医院抢救的另一名总统候选人H，如果真投了，无异加速他的死亡……

（849）

上班早高峰，帕塔恰望眼欲穿，好不容易来了辆公交车，他使出九牛二虎之力才挤上，看着被拒之车门外的大多数，帕塔恰感觉自己不仅厉害，还很幸运，然而很快他便笑不出来了，因为公交车的前行速度缓慢，看样子迟到将不可避免，想到又要被老板狠批，他立即没了力气。

"奇怪，平常没那么堵啊！"

"是不是有什么大人物出行？"

"等等，我来查一下……有了，总统儿子今天出国留学。"

······

乘客们议论纷纷，此时，一架飞机划过天空，车厢立即安静下来，不过也只是短暂沉默而已，几秒钟后又恢复生气，该嚼舌根的继续嚼舌根，该烦恼的依旧烦恼，一个也没落下。

（850）

今年产的苹果又小又不甜，但萧家老爹还是指使自己的傻儿子上集市叫卖，心想就算卖不掉，练个胆量也好。

"苹果苹果，又大又甜的苹果，一块钱一个。"萧家的傻儿子吆喝着。

顾客一看，明明是小苹果，却说成大苹果，这不是睁眼说瞎话吗？

流失第一位顾客后，萧家的傻儿子改口："苹果苹果，不大但很甜的苹果，一块钱一个。"

顾客一看，苹果的确不大，但如果是甜的，一块钱一个也合理，于是问可不可以试吃？

萧家的傻儿子点头，第二位顾客试吃后也流失了。

连续失去两位顾客，萧家的傻儿子接着吆喝："苹果苹果，不大又不甜的苹果，一块钱一个。"

顾客一听，不大又不甜的苹果竟也要一块钱一个，这不是坑人吗？

当第三位顾客也空手离开后，萧家的傻儿子甩担子不挑了。

"喂！你这苹果怎么卖？"有人问他。

"不卖了，"他答，"你想要就拿走吧！"

话音一落，众人一哄而上。

"别抢别抢，那些苹果不甜。"萧家的傻儿子喊。

这时候谁还管苹果甜不甜？连品相不完整、带虫的，一个也不留。

（851）

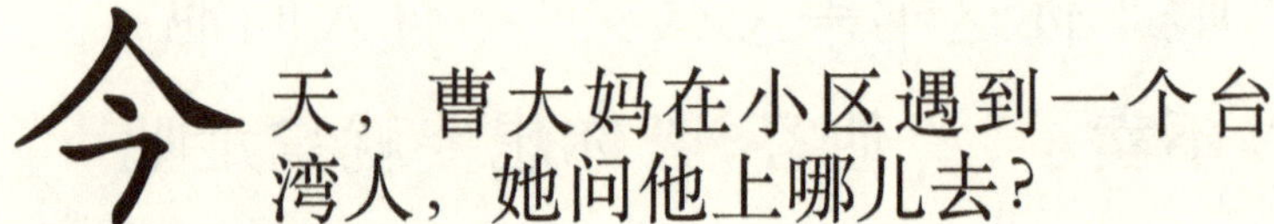

今天，曹大妈在小区遇到一个台湾人，她问他上哪儿去？

"我去领钱。"他答。

"这么好？上哪儿领？"

"很多地方都能领，譬如中国银行、招商银行、工商银行等。"

听完，曹大妈来了精神，问是什么时候的事？

"什么'什么时候的事'？"台湾人反问。

"就是能在银行领钱这件事。"

台湾人露出迷惑的表情，接着表示已经

很久很久了，搞不清楚是什么时候开始的。

"什么人可以领？"她不懈地问。

"什么人都可以领，只要有银行卡。"

"你的意思是在ATM机上操作？"

"在ATM机上操作比较简单，妳想在柜台领也可以。"

"可以领多少？"

"想领多少就领多少，不过ATM机有限额规定，妳如果想一次领多点儿，最好上柜台领。"

再三确认台湾人没开玩笑后，曹大妈带上银行卡直奔银行柜台，结果差点儿被误会是疯子。

反观台湾人，与曹大妈道别后，他心想："这女的是不是外星人？"

（注：台湾人普遍把"取钱"说成"领钱"。）

（852）

蒋氏夫妇的退休金加起来一个月能有个一万八、九，即便是在消费相对高昂的一线城市，这个收入仍是可观的。换言之，他们的烦恼不是来自物质，而是来自精神层面——唯一的女儿已三十有二，体重160斤，五官不丑，但一胖毁所有，至今仍待字闺中。

"瑶瑶，妳不是才刚吃完饭？怎么还吃零食？"蒋母说。

"吃块巧克力怎么了？"蒋碧瑶答。

"妳就不怕变胖？"她父亲问。

"今天吃又不会今天胖，减肥的事明天再说吧！"

这类的事多了，蒋碧瑶感觉与家里的隔阂越来越大，想逃离的心也就越发强烈，所以当学校问她要不要到迪拜担任汉语老师时，她一口答应下来。

自从来到迪拜后，蒋碧瑶第一次感受到男人投来的炙热眼光，原来她的体型并不是硬伤，相反的，这里的男人见她就像见到一块淌着蜜汁的糖……

"蒋老师，我可以请妳吃饭吗？"

说话的是蒋碧瑶的学生阿卜杜拉，年纪比她大上一轮，但学习的精力不减。

"我不喜欢吃阿拉伯食物。"她答。

"那妳想吃什么？"

"我想吃小锅米线。"

阿卜杜拉问她什么是小锅米线？她解释这是中国云南的一道面食，口味兼具酸味、鲜味、甜味和辣味。

"没问题，"他答，"我让我家厨子给妳做。"

原以为这是个玩笑话，没想到阿卜杜拉还真让厨子给做出来（后来才知道是请了中餐厅的厨师代劳）。为此，蒋碧瑶大受感动，她从未想过有人会为了博她一笑而煞费苦心。

阿卜杜拉为蒋碧瑶做的还不止此，但凡能用钱解决的，绝不让她受半点儿委屈，甚至同意签署婚前协议——娶妻只娶她一个，否则赔偿2000万迪拉姆（折合人民币约4000万元）。

只考虑了几秒钟，蒋碧瑶便接受了阿卜杜拉的求婚，两人的婚礼办得非常浩大，连迪拜酋长都出席了。

婚后的蒋碧瑶仍被老公宠上天，可谓是要风得风，要雨得雨……

"瑶瑶，妳刚吃完饭，要不要再吃点儿零食？"到女儿家做客的蒋母说。

"不了，肚子饱到不行。"蒋碧瑶答。

"妳就不怕变瘦？"她父亲问。

"今天少吃又不会今天瘦，增肥的事明天再说吧！"

现在连蒋碧瑶的父母都觉得自己的女儿美出了新高度，怎么看怎么舒服，女人嘛！还是胖点儿好看。

写作十余载，简铭训越写越迷茫，精心打磨的文学作品无人赏识，反倒"只重故事情节，不重遣词用句"的网文大行其道，他不免纠结——自己该不该顺应市场？

考虑再三，简铭训还是决定为五斗米折腰，然而事情并不像他所想的那样，即便是全勤奖，他也赚得很辛苦，因为无法保证每天都有灵感，当搜索枯肠时，别说3000字了，就是500字也很难产出。

"你这样是不行的，"有位文友私信他，"首先得端正你的心态，你是来赚钱的，不是来拿诺贝尔文学奖的，所以怎么俗怎么来，因为大多数读者的品味并不高，而且迷信多即是好，你看我才写了两个月，一百万字的门槛已经达到了。"

简铭训心算了一下，想达到那个高度，每天起码得写16，000字以上，妈呀！这是人干的事吗？

文友答当然可以，只要懂得使用语音写作，完全可以做到，因为正常的语速下，人一分钟可以说200字以上。换言之，每天只要"说"上80分钟，轻轻松松就能达到"小"目标。

"说？哪有那么多可说的？"简铭训问。

"哪没有？光男女主角的外表就能说上好几分钟，譬如身高、肤色、有没有戴眼镜、鼻子是高是低、有没有朱砂痣……等。外表说完说个性，譬如是I人还是E人？喜欢什么颜色？能不能吃辣？"

（注：I人和E人分别对应MBTI人格测试中的两大类型，I人指性格內敛，E人指性格外向，两者最大的区别是I人享受独处，E人更愿意通过社交吸取能量。）

简铭训读完后咋舌，反问这不就是老太婆的裹脚布（又臭又长）吗？

"你听还是不听？不听我下线了。"文友写道。

"听听听，"简铭训回复，"这'说'完总得润色吧？！时间不也得五、六倍以上？"

文友答无需润色，现在是快餐文化，只要一开始的情节还凑合，读者自然而然会读下去，即使有错别字或张冠李戴的现象发生，也会选择性眼盲，因为对他们而言，在一定时间内阅读越多越好，这就好比吃自助餐，把肚子吃撑了才不虚此行，至于吃了什么，只要不令人倒胃口即可。

"这……这未免也太……太那个啥了，万一有机会出版怎么办？修改起来可是个大工程呀！"

"怕什么？如果真出版了，还有编辑为你保驾护航，你只要确保自己有流量就行。"

简铭训从未想过还有此等操作，感叹真是"听君一席话，胜读万卷书"。

"好说好说。"文友答复，"对了，我整理出十大最受欢迎的写作模板，你只要依着大纲写，不出几个月也能像我一样轻轻松松就写完百万字巨著。"

"好呀！收费不？"

"不收费，只要你点赞加关注，就能免费领取。"

简铭训照做，果然一年就完成两本百万字小说，这若放在从前，想都不敢想。

如今连简铭训这个写作超过十年的老作者也得依赖模板写作，不评这是进步还是退步，起码他已经开始有"稳定"收入了，而这才是最讽刺的……

（854）

新冠疫情前，金冠华本来想买下人生的第一套房，奈何房价怎么都谈不下来，一气之下，他把首付款（50万元人民币）拿到泰国，轻轻松松就"全款"买下一套公寓，然而他的身边人却说他上大当了，这下子要租租不出去，要卖也卖不掉，只能烂在手里。

冷静下来后的金冠华很是懊恼，怎么自己就这么沉不住气？而接下来的发展更是大跌眼镜——近日金冠华竟以七折的低价卖掉这套公寓，得手35万元，回头再买下当初他怎么也买不了的房，原屋主很客气，说是金冠华解了他的燃眉之急……

· · · ·

（注：疫情解封后，中国房价曾短暂上
扬过，接着便全面下跌，跌幅相当大，
而且不易售出。）

（855）

某日，教堂里的圣母雕像开始流泪，信众们一传十，十传百，很快，上帝显灵之说便不径而走。与此同时，负责教堂水电维修的工人Sam忽然哑了，身为教徒的他必须拥有诚实和对宗教虔诚的品格，如果不能两全，那么请允许他噤声……

（856）

如果给自杀地排名，不归山肯定能入前三甲，至于是因为先有山名，所以自杀人数众多，还是因为自杀人数众多，所以才有了山名，现已无可考，反正上山的人十之八九都不会再下山，机率之高令人咋舌。为此，记者汉娜决定上山一窥此山究竟有何魔力，能让自杀群众趋之若鹜并且接二连三地自杀成功？

第一天，摄像头捕捉到有个胖胖的男子站在山顶的栏杆前良久，当他往下一探后，很快便跨过栏杆一跃而下。

第二天和第三天也一样，意图自杀者起初都呈犹豫状态，可是当看到山底时，全都不假思索地往下跳，这激起汉娜的好奇心——山下究竟有什么？

当汉娜和摄影师爬上山顶并且放眼望去时，那叫个千岩竞秀、风景如画，心情也跟着大好，可是……

"看！山底竟然有个圆。"汉娜喊着。

"那是直升机的停机坪，"摄影师说，"上面还写着H，也许以前真的作为直升机的起降地。"

汉娜一寻思，这或许是不归山自杀率高的原因吧？！那个圆就像个箭靶，鼓励自杀者正中靶心H。

当汉娜将想法上报给有关单位后，没多久，政府便派人将原来的停机坪抹去，可是自杀的人数并没有因此减少，正当大伙儿束手无策时，汉娜建议在100米远的地方重新画上停机坪。

"妳这是开什么国际玩笑？嫌死的人还不够多吗？"有人讥讽她。

"我不开玩笑，试想有什么比无法命中靶心更让自杀者气馁的？"汉娜答。

由于实在无计可施，政府也只好死马当活马医，没想到这季度的自杀人数直接少了一半。

有人问汉娜怎会有如此奇葩的点子？她
答她也曾试图自杀过，但发现男友当日
不会回家后，瞬间就打消主意……

今天，单位的李处长邀林杏芬中秋节赏月去。

"你老婆和孩子呢？"她问。

"我老婆的娘家有事，我让她把孩子一块儿带过去。"

"他们什么时候回来？"

"很快，我只有一个晚上的时间。"

林杏芬心想——合着这是要跟我搞一夜情？

为了要不要放弃数十年来坚守的"处女情结"，林杏芬焦虑了一个多礼拜，最后不得不请教她的4个姐妹淘。

在听完林杏芬的陈述后，这4人大致分为两派，一派认为既然已经苦守了那么久，何必急于一时？何况对方还有家庭，明显只想吃白食；另一派则从林杏芬的生理需求考量，如果连"爱爱"的滋味都没尝过就绝经了，岂不可悲？

虽然姐妹们都分别给了意见，但林杏芬还是很迷茫，由于一时下不了决定，聚会没多久便就地解散了。

当晚，林杏芬收到4个留言，全是姐妹淘的另一半发来的，她瞬间就不淡定了，果然天底下没有不偷腥的猫……噢！还有，千万别相信"守口如瓶"这个承诺，因为那承诺就是个屎。

（858）

男人一走出小区，女人便一个箭步冲上去，抱着男人的大腿不放。

"麦元香，告诉妳多少回了，咱俩的事别影响到各自家庭，待会儿我老婆出门，让她看到了多不好。"男人说。

"你已经影响到我的家庭，我老公吵着要跟我离婚。"

"这事别赖我，是妳同意的。"

"是我同意的没错，可是前提是你的表面功夫做得太好了，以致我一次次地选择相信你。"

男人强调自己并没有欺骗她，而是形势比人强。

"那我不管，"女人答，"你答应过给我一个交代，说过的话就得算数。"

眼见围观的人越来越多且自己的老婆即将出门上班，男人不得不好话说尽，只求女人放过自己。

"行，我就信你最后一次，但你得给个期限，我总不能无休止地等下去。"女人说。

"下礼拜。"

"不行，那太久了。"

"后天。"

"还是不行。"

"明天……下午。"

麦元香思忖了一下，她老公给的期限是三天（超过了，房子就要断供了），明天下午应该还来得及，遂放开手。

重获自由的男人跑得比谁都快，他可不想让老婆看到自己被离职员工讨薪，至于吃瓜群众的嘴……他管不着也不想管，反正被指指点点已不是头一回，他早免疫了。

（859）

想当初如果不是男方在事业单位上班，已经30好几却依然不愿将就的卢傲珊是不可能下嫁的，可是嫁过去之后，她才赫然发现自己上了贼船，因为老公的这份工作并不属于编制，工资才1500元，还不是月月发放，基本会拖上好几个月，也没有五险一金，可笑的是连这样的工作还得动用各种关系才能获得。

"小卢，我真羡慕妳，老公拿的是铁饭碗，这辈子可以舒舒服服地躺平。"卢傲珊的同事对她说。

"哪里，这工作就是图个安稳，大富大贵是不可能的。"

"妳错了，这社会有钱不如有权，妳是人在福中不知福。"

卢傲珊心想一个不属于编制的"外聘"人员哪来的权力？可是话到嘴边却成了——的确，他每天就是喝喝茶、吹吹空调、签签文件，求他办事还得鞠躬哈腰。

也只有这时候，卢傲珊才能感觉自己没被骗，甚至还有点儿轻飘飘的舒适感……

说到底，她是嫁给了"体面"，至少保住了她的"不将就"原则。

（860）

庄毅祥怎么也没想到只是参加个同学聚会，老婆竟将潘秀桃与他联想在一起。

"我不过是帮她解决电脑问题。"庄毅祥说。

"至于跑她家？"

"她使用的是老式电脑，又不是携带型，当然得上她家。"

然而这样的解释并没有打消妻子的疑虑，反而加剧矛盾，久而久之，庄毅祥感觉心好累，决定不再反抗。

"你终于承认了。"他老婆冷哼一声，"告诉我，她好在哪儿？"

"她好在温柔体贴，不会疑神疑鬼。"

"这样就让你感动了？果然又胖又丑的大龄剩女就只能靠这些烂招数来抓住男人。"

"好了好了，我都承认了，现在可以睡了吧？！"

然而庄毅祥终究还是太稚嫩，他那暴躁且多疑的老婆怎可能轻易饶过他？结果便是展开新一轮的彻夜审问，而更令他惊悚的是——次日一早，他老婆便号召一众亲戚上门教训潘秀桃。

"对不起，"庄毅祥很是羞愧地对潘秀桃说，"我原以为只要承认了，就会从宽处理，没想到把妳拖下水。"

"没事，我反倒比较担心你，这样地狱般的生活一定很痛苦吧？"

从来没有人关心庄毅祥过得好不好，潘秀桃的一番话像春风拂过他的心湖，吹起阵阵涟漪……

后来，庄毅祥还真的和潘秀桃走到了一起，他的原配可真是料事如神啊！

（861）

在失望这件事情上，吕其硕还未曾失望过，好比他认为自己肯定上不了大学，果然那年他就落榜了，后来还是通过3+2专升本（3年大专＋2年本科）才勉强得到大学学位；又譬如他认为心目中的白月光最终不会选择他，果然分分合合若干年后，小惠还是离他而去……

今天，吕其硕走在公园内，发现有人摆摊玩套圈，横竖无事，他花十块钱得到十个塑料圈。

"吕其硕，"他对自己喊话，"你连塑料玩具都套不到，何况到处走动的活鹅，所以还是别做梦了！"

谁能想到当他的手里剩下最后一个套圈，只能孤注一掷时，竟然套中了。

"不好意思，鹅得套中两个圈才算数喔！"摊主此时才发声。

吕其硕听完后大松一口气，接着喜形于色。

就说嘛！在失望这件事情上，吕其硕还未曾失望过……

（862）

盐水伯是村里第一个发家致富的人，他的鱼塘最大，产的鱼也最多、最好，可是村里人对他的评价并不佳，因为他的孩子没有人权。

"乡下人要什么人权？"他反问，"随时保持焦虑和不满，才有动力干活，我的成功就是最好的证明。"

后来，全村开始抵制他，不与他交流还算小事，给他的鱼下毒才够狠。看着一条条的鱼翻了白肚，盐水伯气不打一处来，直接上村长家告状。

"如果你给家里人人权，我负责将此事摆平。"村长说。

141

"我就不明白了，我的孩子们都没说话，怎么不相干的人却管起闲事来？"盐水伯问。

"我这样说好了，如果你家的鱼塘不大，产的鱼也不够多、不够好，谁还管你家的孩子有没有人权？"

后来，盐水伯使出浑身解数当上村长（正确地说是村霸），并且下了封村令。现在，整个村子的鱼塘都是盐水伯的，所有的村民都替他打工，没有人再提人权问题，反倒一片祥和……

（863）

经济不景气，李延、李珉两兄弟决定跑船去，据说这类工作很好找，加上包吃住，赚的基本都能存下来。

兄弟俩问了一圈，跑船的月收入大概在2万元人民币上下，如果上的是外国船会更高，譬如水神号能给到惊人的10万元/月。

有句话——事出反常必有妖。李家兄弟也清楚，但两人的决定却截然不同，哥哥李延选择上水神号，弟弟李珉则待在本国船只。

一年后，两兄弟一前一后回到码头，除

了黑点儿、精瘦点外，从外表上看不出异样。

当日夜里，哥哥李延问弟弟在船上的工作情形，后者答："除了苦点儿、累点儿，其他没什么，你呢？"

"我也是。"

李珉心想早知如此，倒不如选择高薪的那个，于是说："那么过几天我跟你一块儿上水神号吧！"

哪知李延立即阻止，同时表示自己不干了。

"为什么？"李珉问。

"外国人有狐臭，我受不了，你肯定也会受不了。"李延答。

"我受得了。"

"你受不了。"

"我受得了。"

"妈的，听不懂人话吗？我说你受不了就是受不了。"

看着弟弟受伤的眼神，李延这才意识到把话说重了，赶紧道歉。

“没事，”李珉答，“其实狐臭不分国籍，我的上铺也有狐臭问题。”

见弟弟没听出话中话，做哥哥的只好承认自己得了性病。

“你们船上有女的？”李珉问。

“没有。”

李珉电光一闪，忽然明白了一切，遂说：“哥，原来你喜欢男的。”

李延苦笑着，心想在伤口上撒盐大概就是这种滋味吧？！

（864）

3 5岁未婚的罗乐琪计算了一下，今生若想彻底躺平，至少得全款买下3套房（1套自住，2套收租），于是开启发狂赚钱和存钱的模式，总算在55岁那年完成梦想，然而……

"你说什么？"罗乐琪扬起声，"国家给贫困户和失业者发钱和房子，为什么呀？"

"正确地说是资本家给的，因为机器人抢走大部分的工作，为了社会的稳定性，不得不做出补偿。"她的朋友答。

罗乐琪一琢磨，她的房不算高端，根本不入高收入人群的眼，而低收入人群因为有免费的活动板房可住，当然不可能再花钱，等于她二十年来的兢兢业业、省吃俭用皆付诸流水。

"这不公平！"罗乐琪气愤非常，"明天我就上街抗议去。"

"抗议什么？鳏寡孤独者也能领钱，算是由资本家承担起社会救助的责任。"

罗乐琪愣了两秒钟才意识到说的是自己，原来不知不觉中她已成了"鳏寡孤独者"里的一员。

"能领多少？"她问。

当听到一个极高的数字时，罗乐琪眼前一亮，但再一想，为了过上躺平生活，她错过了那么多（没有老公，没有孩子，连吃碗面都舍不得为自己加块肉），瞬间眼里的光就没了。

"不行，我还得抗议去，"她说，"正因为资本家免费提供住房，我才找不到租客，这账无论如何都得算在他们的头上。"

后来，资本家还真的买下她的两套房，可是罗乐琪仍不满意。

"妳到底想怎样？"她的朋友问。

其实罗乐琪最想要的是资本家别发善心，让每个人都自生自灭，可是这听起来很不合逻辑（她本人也获利了，不是吗？），只能把委屈憋在肚子里……

（865）

闹钟一响，北漂五年归来的黎温便从床上爬起，开始为父母准备可口的饭菜，好让他们吃饱后能参加暴走队，这是一种高强度且简单易行的户外运动方式。

等父母外出后，黎温便动手打扫卫生，通常一、两个小时能干完，接着他为自己准备一杯清茶和一个水煮蛋，坐等父母回家。

今天，跟着黎父黎母一起回来的还包括刚采买的新鲜食材。黎温匆忙看了一眼袋中物，心里有谱了——中午煎条鱼，炒个青菜，再来碗汤，晚上则简单下个面。

食过午饭，两老回房睡觉，黎温则趁机拿起日文教材自学，最近他迷上日本漫画，心想如果能直接阅读原版，应该是不错的体验。

晚上，黎温煮了肉酱意面，可是他父母觉得还是上海炒面好吃。

"行，明天就煮上海炒面。"他答。

夜里，黎温替两位老人洗脚，接着送他们上床，等盖好被子后，他才回到自己的房间。

有人说黎温不思进取，只会啃老，这是自私的表现，但在他父母看来，让儿子回家"就职"是他们做过最正确的决定，因为同龄人要嘛孤零零的，要嘛整天与保母置气，哪像他们，24小时有儿子的陪伴和照料，不用担心他心怀不轨，也不用害怕自己会被虐待……

"你家儿子整天窝在家有出息吗？"闻讯赶来的记者问。

"你整天被老板骂就有出息了？"黎父反问，"人生最重要的是开心，我儿子不偷不抢，既没吃别人家的大米，也没有成为社会负担，怎么就没出息了？"

"难道你们就不担心无后的问题？"记者又问。

"男人七十岁还能生，怕什么？"黎母答。

接着，两位老人又分别做了补充，简单地说便是——反正财产最后都会给到儿子，差别在于一个24小时可见，另一个则是偶尔可见（甚至好几年都未必能见上一回）。两相比较，当然选前者啰！还有，虽然他们不反对儿子脱单，但前提是结婚后不能改变现状，否则还是做朋友好，不一定得领证。

听完，记者迷糊了，这家子到底是儿子啃老人，还是老人啃儿子？

看倌们，你们的答案是什么？

（866）

林伯的女儿出嫁三个礼拜了，一直没回来过，林伯甚是想念。今夜，猛烈的敲门声响起，林伯前去开门。

"倩儿，是妳，快进来。"林伯往外探去，"白良呢？"

"爸，"林倩把父亲推进屋，同时合上门，"快，赶紧穿件外套，我们得走了。"

"走？这大半夜的，上哪儿去？"林伯的目光往下一落，"倩儿，妳怎么没穿鞋？"

话一说完，门刷的一声被打开了，原来是林倩的老公郑白良。

152

"爸，我跟阿良回去。"林倩急急地说。

林伯感觉奇怪，怎么才刚进门又要走？可是还没等他开口挽留，两夫妻已经转身离开。

"不对，倩儿没穿鞋哪！"林伯猛然想起。

他在鞋柜里胡乱找寻，终于找到一双看起来还保暖的鞋，丑是丑了点儿，但外面天寒地冻，此时也顾不上好不好看了。

林伯在寒风中小跑步，好不容易才赶上女儿和女婿。

"倩儿，爸给妳找了双鞋，可能大了点儿，但也聊胜于无。"

说完，林伯弯腰把鞋放下，哪知女儿立即将鞋踢得老远，等他把鞋捡回来，两夫妻已不见踪影。

当林伯百思不得其解时，林倩和老公已来到石桥上，下面是潺潺流水。

"跳！"郑白良说。

林倩抿了抿嘴，接着纵身一跳。

郑白良目不转睛地看着底下流水，直到不能再拖了，才跟着跳下去……

回家后，湿漉漉的两人洗了一个热水澡。洗完，郑白良用浴巾轻轻擦拭妻子的身体，再将她抱回床上，用毛毯紧紧裹住，像对待一个襁褓中的婴儿……

次日，两夫妻回家探望林伯，林伯多次想提昨晚发生的事，可是回回都被女儿转了话题，加上女婿表现正常，于是不再询问，好吃好喝侍候着。

一个多小时后，小俩口告别，林伯跟着来到玄关换鞋处，这才注意到女儿今天穿的是红色露趾高跟鞋。

"倩儿，"他说，"都入冬了，怎么还穿高跟鞋？脚不冷吗？妳等等，我给妳找双袜子。"

等林伯找到袜子，女儿和女婿已经不在，他下意识想追出去，可是却被一股力量给拉了回来。

"家丑不可外扬，也许有了孩子，一切都会好的。"他心想。

Chris花7220美刀买了一枚1克拉的钻戒，打算向交往近10年的女友求婚，哪知女友竟将戒指给扔了。

"老天！妳为什么要动我的东西？"Chris斥问。

"你的垃圾桶里有垃圾。"Hedy答。

想当初，Chris还为自己的主意沾沾自喜（女友绝不会动他的垃圾桶，因为目测只有三分满），哪晓得Hedy真的将三分满的垃圾倒进厨房的垃圾桶内，一并给扔进三天才来一次的垃圾车内。

知道男友把戒指藏在垃圾内后，Hedy也很著急，两人联袂奔向垃圾场，当看到成堆的垃圾山后，Hedy打退堂鼓了。

"算了，这要找到什么时候？"她说。

"怎能算了？那是我攒了五个月的积蓄买的，反正不是妳的钱，所以才能说得如此轻巧。"

Hedy一听来气，两人就站在臭气熏天的垃圾场内唇枪舌战，不一会儿，竟上升到肢体冲突，双双都挂了彩。

回家后，Chris仍想着该如何找回戒指，后来还真被他想到了，办法便是在网上发起众筹。

很快，Chris便募得26560美刀，他也没让资助者失望，转身便干了两件事，一是在垃圾场附近替自己租下短租房，二是雇用临时工翻找垃圾。

五天后，26560元花光殆尽，临时工们头也不回地走了，只剩Chris仍死撑着。

"我一定能找到！"他为自己打气。

然而一个礼拜过去后，Chris还是放弃了，因为长时间处在恶臭之中，他开始出现头晕、恶心和呕吐等症状，不得不中止行动。

回到家的Chris总感觉哪里怪怪的，但又不知怪在哪里。他匆匆洗了个热水澡，又胡乱吃了点儿东西，这才坐下来查看邮件，结果不看不知道，原来他被老板炒鱿鱼了。

"Shit，我不过旷工两个礼拜，至于吗？"他心想。

惊悚的还不止此，他发现网上竟出现攻击他的言论，其中一位的发言更是让Chris有不吐不快的冲动。

"那不一样，"他打字，"26560元是能买下2克拉的钻戒，但我要的是原来的那一枚。"

"这有什么好执着的？"那人答，"我认为你应该问问女友的意见。"

Chris遂放下电脑，开始寻找Hedy，可是无论他如何呼喊，回复他的依旧是一室的孤寂……

（868）

一般人以为家暴者随时都会对身边人动粗，其实不然，他们大部分时候是正常的，这也是Eugenia能一直忍受的原因。

"妳是不是有受虐倾向？"她的邻居问。

"或许吧？！可是每当想离开他时，我又不免担心。"

"担心什么？"

"担心他哭，我丈夫那个人其实很脆弱。"

所以当Eugenia被指控杀害自己的丈夫时，这位邻居第一时间跳出来辟谣。

“不可能！”她说，“Eugenia很爱丈夫，即使遭家暴，仍不离不弃。”

这位邻居的证言很重要，因为死者死于窒息，而按照Eugenia的说法，这是她丈夫的性癖好，如果不照着做或做不到位，她会被丈夫拳打脚踢。

“那么妳老公身上的伤呢？”检察官紧接着问被告。

“这也是他的性癖好，他希望一边做爱一边忍受疼痛。”

后来，Eugenia被判三年有期徒刑，缓刑两年，意即一天牢也不用坐，只要缓刑期间内无犯罪事实，即可免除刑罚。

当听到宣判时，Eugenia流下泪来，她这个人……其实很脆弱。

（869）

陈芝芳的家境一般、长相一般、学历一般、工作也一般，真要说有什么特别之处，那就是她拥有新西兰护照，这还得感谢她的前夫，一个头秃齿摇的洋老头。

当陈芝芳的年龄迈过32岁大关时，有人向她介绍一名水电工，名叫顾鑫，年40，离异，有一女。

"你女儿跟谁？"她问。

"跟我老婆……呃！我的意思是前妻。"

"你每月给多少扶养费？"

"不多，折合人民币约1000元。"

"那你的经济情况怎样？"

"收入时高时低，无房有车，车是92年福特。"

老实说，顾鑫的条件并不理想，所以陈芝芳的态度便从势在必得改为骑驴找马，两人就这么不咸不淡地交往着，直到半年后的中秋节……

"太快了。"她答。

"妳知道产妇的年纪若超过34岁就要做羊膜穿刺吗？我怕妳疼。"

陈芝芳不知道别人的求婚理由是什么，但顾鑫给的理由的确奏效了，因为她怕疼。

婚后，顾鑫变得很佛系，连房事也是，不过在公民入籍这件事上，他倒是很积极。

陈芝芳心想如果她老公的撒种热情有申请入籍的一半，她早该怀上了。

五年后，顾鑫成功拿到新西兰国籍，也就在同年，他的前妻和女儿登上了飞往南半球的航班……

"你这是把我当成跳板了？"陈芝芳咆哮着，"人渣！"

"别说得那么难听，妳不也一样？别告诉我妳和洋老头结婚是为了爱情。"

陈芝芳哑口了，除了被顾鑫说中心底的秘密外，还唤醒了她那尘封已久的记忆，如果她的"前前"夫执行了当初的计划（等她入籍就飞来新西兰与她团聚），她也不致于一女三嫁，如今还落了个为人作嫁，报应啊！

（870）

前首富的女儿最近搬进离市区约五百多公里的庄园里，过起地道的田园生活，不仅种植了庄稼，还养了一百多只小动物，亲力亲为地打造出一个世外桃源；反观前首负的女儿可惨了，躲进荒郊野外不说，每天还得操忙农事兼照顾一百多只鸡鸭，躬体力行地打造出一个悲惨世界……

（871）

三 位老人坐下来讨论什么事最令人沮丧。

老林说他存了大半辈子的养老金，结果到头来还是没能跑赢通货膨胀，这件事最令人沮丧。

老金说他一共生了五名子女，可是一个也不认他，这件事最令人沮丧。

此时坐在一旁的老马似笑非笑，老林和老金不淡定了，要他也讲一个。

"我认为最令人沮丧的事莫过于预言家预言成真。"老马说。

"这有什么好沮丧的？"老林和老金异口同声地答。

"如果预言成真，那代表无论做或不做
都难逃既定结局，还有什么比这个更令
人沮丧？"老马进一步解释。

老林和老金听完后沉默了，然而才一会
儿的工夫，这两人竟不约而同地露出诡
异的笑容。

现在换老马沮丧了，因为他讲的恰恰最
不令人沮丧……

（872）

已近古稀之年的Jonson教授最近很烦躁，他的儿子瞧出了不对劲，问他怎么了？

"昨晚我又梦见Tracy了。"他答。

"Tracy？"他儿子想了想，"该不会是那位污蔑你性侵，差点儿就让你名誉受损，最后羞愧自杀的女学生吧？！"

"正是。"

想当年，这件丑闻闹得沸沸扬扬，若不是Jonson教授抵挡住压力，拿出有力的证据自证清白，估计这个家早散了。

"好端端的，你为什么梦见她？"他儿子问。

"因为我感到愧疚，思来想去，还是决定向Tracy的家人致歉，省得她天天来我梦里，搞得我快精神崩溃。"

"别说了，你是被污蔑的，该愧疚的是她。"

"不，不是这样的，你听我说。"

做儿子的并没有让父亲把话说完，而是给了他两片安眠药，让他早早上床睡觉。

次日醒来的Jonson教授依旧坚持道歉，而且越快越好，于是当日夜里，他那有意参与市长选举的儿子便给了他一针，说是有助安定情绪……

几个小时后，Jonson教授在睡梦中离世，享年68岁。

（873）

两个月前，刘婧虹和男友卓学宾到希腊旅游，谁也没料到会两人去，一人回。

失踪案发生后，希腊和中国警方都曾将刘婧虹列为头号嫌疑人，奈何因证据不足，最后不得不放了她。

如今的刘婧虹虽然无罪，但情理上却很难服众，因为按照她的说法，卓学宾是在一眨眼的工夫内不见的，连个指甲盖也未留下。

"说！人是不是妳杀的？"卓学宾的母亲声嘶力竭地质问。

"不，不是，我没有。"刘婧虹急着摇头

168

，“如果我真杀人了，警察又怎会放过我？”

卓母当然知道警察不是傻子，但好端端的一个人就这么不见了，有哪个做母亲的接受得了？

待心力交瘁的卓母离去后，刘婧虹的思绪一下子跳回到那个跳蚤市场……

“你说这小人穿着清朝官服，还留着小辫儿，该不会是古董吧？”刘婧虹问卓学宾。

“应该不是。”卓学宾把青铜制小人放回去，“如果真是古董，又怎会放进一个现代的零钱包内，而且只售10欧元？”

话说得有理，可是没过多久，刘婧虹还是拉着卓学宾踅回来，花6欧元（杀价的结果）买下小人。

“搞不懂妳怎会喜欢那玩意儿？”卓学宾问。

“这你就真不懂了，我买的其实是零钱包，虽然破旧了点儿，却是实实在在的牛皮制品，这年头到哪儿找那么便宜的零钱包？”刘婧虹答。

也就在买下零钱包的当晚，卓学宾消失了，可是刘婧虹的二手零钱包内却多出

了一个青铜小人，她越看，心里越瘆得
慌……

（874）

当张民主的老婆生下第一个孩子时，他也曾有过憧憬（孩子乖巧懂事，一家人其乐融融），可是随着孩子接二连三地呱呱坠地，这个愿景变得越来越遥不可及，终于有一天，张民主爆发了。

面对父亲的突然"变脸"，吵翻天的孩子们个个噤若寒蝉。张民主被当头一棒，原来这才是"管理"的正确打开方式，从此在独裁的道路上一去不复返。

亲戚和朋友们见状，也曾提出建言，但皆被他怼回去，理由有二，一是他有五个孩子，若不采军事化管理，早乱成一锅粥了；二是在他的集权管理下，孩子

们从不闹事，这可不是每个家庭都做得
到的，

张民主说的不无道理，众人遂不再规劝
。

一眨眼，张家孩子皆已成年，一个个循
规蹈矩，连红灯都不敢闯。

张民主很欣慰，他终于实现当年的梦想
，还因替国家培养了一批服从性极高的
公民，获得一枚忠诚奖章。

（875）

今天是男人离开的第三天，吉娜的心情糟透了，尤其家里能吃的已所剩无几。

隔天，见男人仍没有回来的迹象，吉娜只好外出觅食，可是运气不好，只捡到一颗烂苹果和一盒已吃了大半的便当。

到了第五天，男人终于回来了。

"咦！妳怎么还在这儿？"他问。

吉娜被当头一棒，这是什么意思？

"我以为我们已经同居了。"她说。

"妳……妳可千万别这么想，我们一点儿关系也没有。"

男人本想骗两个钱花花，结果误上了黑
道大哥的女儿，他是偷鸡不成蚀把米。

被迫走出男人家的吉娜很迷茫，怎么当
个普通人就这么难？怪来怪去还得怪她
的父亲，如果不是"恶名昭彰"，她早拥
有纯粹的爱情……

酒吧里，彼得和珍妮正交谈着，这是他们第5次见面。

"妳男友还打妳吗？"彼得问。

"最近他比较忙，没空打我。"珍妮答。

"哈哈！这是好事。"彼得皮笑肉不笑，"对了，他有没有说他在忙什么？"

"无非就那点儿事，没什么重要的。"

"妳曾说男友要在M国总统演讲时搞点儿大的，他是不是在忙这件事？"

珍妮答或许吧！接着表示她今天只能喝一杯，因为口袋里的钱不够。

"不用担心，我请妳。"彼得很爽快地答。

一个小时过去后，微醺的珍妮转战下一家，熟悉的配方，但不一样的味道。

"妳说妳老公在情报局工作？"安迪问。

"嘘！"珍妮做了个噤声的动作，"小点儿声，我不想让别人听到。"

安迪是F国特工，已经在C国埋伏近半年，一直没捞到什么有用的信息，今日算是瞎猫碰上死耗子，怎么也得好好把握。

就在他为珍妮买下第三杯啤酒后，总算问出点儿东西来。

"你明天还来吗？"珍妮问。

"来。"安迪果断地答。

珍妮很开心，不出意外的话，安迪还会请她喝上十几杯，既有人陪说话，还能省下酒钱，何乐而不为？

Kevin Wu在美国的一家制药公司担任研发员，他的主管是印度裔，而主管的主管还是印度裔，没办法，老印到哪里都会拉上老乡。可想而知，Kevin Wu在公司里过得有多憋屈！

某日，他的主管的主管犯了错，连带把研发部的主管也一锅端了，现在公司里的印度裔员工全人心惶惶，害怕自己也会受牵连。

"Kevin，你的资历最深，看来这次能高升了。"他的白人同事Jerry打趣地说。

Kevin嘴巴答不可能，但心里其实很期待，他在这个岗位已经待了近九年，怎么也该轮到自己坐上研发部主管的宝座，可是意外还是发生了。

"别气馁，" Jerry拍拍他的肩膀，"还好新主管跟你一样是华人，不是老印。"

Kevin苦笑，他倒宁愿老印当他的主管。

果然新官上任三把火，新主管的第一把火便是表明自己大公无私，绝对不会偏袒"自己人"。

Kevin思考良久后，决定做两手准备，没办法，老中到哪里都会排斥老乡（不止是升迁之路被堵那么简单），看来他在这个公司凶多吉少，得提早想好退路……

（878）

这一天，潘美枝的店里来了一位奇怪的客人。

"你确定要点大份的？"她问。

"是的，有问题吗？"他反问。

客人愿意点大份，代表老板能赚更多，当然没问题，可是……

"你没吃完耶！需要打包带回去吗？"她又问。

"不需要。"

后来那个瘦骨嶙峋且脸色苍白的男人又来店里数次，每次都点大份，可是每次都没吃完。

"其实你点小份就可以。"潘美枝说。

那人盯着她好一会儿后，问："妳为什么关心这个？"

经男人这么一提，潘美枝也思考起这个问题来，按理说，她应该鼓励客人点大份才对。

"我也不知道，算我多管闲事吧！"她答。

当天下班后，潘美枝发现那个奇怪的男人竟然站在店外。

"打烊了。"她边说边拉下铁门。

"我来是想请妳看晚场电影。"

这个奇怪男人的奇怪言行让她嗅出不寻常的味道来。

"听着，我结过婚，离了，所以也别期待我是个黄花大闺女。还有，我有两个小孩，皆归前夫，体重空腹时160斤，饱腹时就不好说了。"

"谢谢妳告诉我这些。"他波澜不惊地答，"电影还有半小时就开场了，妳去还是不去？"

潘美枝后来还是去了，而且吃完一整桶的爆米花。电影散场后，那个奇怪的男人请她吃宵夜，席间，她问他叫什么名字？

"齐彬，整齐的齐，文质彬彬的彬，不过多数时候我是没有名字的。"

"没有名字？"她笑了，"只有父母的光芒太过耀眼才会没有自己的名字，你该不会是齐得开的儿子吧？！"

齐彬不置可否，也正是这个反应让潘美枝对号入座了。

"告诉你，我在我家也是个公主。"她故意说。

"看得出来。"他停顿了一下，"妳要不要再多点些菜？"

知道此人正是齐老板的儿子后，潘美枝不客气了，而且专挑贵的点。

饭后，她问齐彬能不能送她回家？他很爽快地答应下来。

到达目的地后，他问："这就是妳家？"

"嗯！很破，对吧？"

齐彬当场没表态，但几天后便为她租下一个商品房，并预付了半年的租金。

见他如此"好说话"，潘美枝乘胜追击，要他买这买那，他也一一满足了。

"你为什么要对我这么好？"她问。

"不知道，大概是老天爷的安排。"他答。

潘美枝以为这样公主般的生活可以维持得久一点儿，没成想却是昙花一现。

"妳和齐彬是什么关系？"警察问潘美枝。

"朋友。"

"男女朋友？"

说来奇怪，齐彬花了十几万元在潘美枝的身上，可是他俩的关系却像白纸一样纯洁，连手都没碰。

"不是男女朋友。"她果断地答，"齐彬怎么了？你为什么找我问话？"

当得知齐彬两天前自杀身亡后，潘美枝怔住了。

"妳有什么想说的？"警察问她。

"没有……有，他为什么自杀？"

"不清楚，这也是找妳问话的原因，本来以为可以从妳这里得到答案。"

潘美枝嘴巴答她什么都不知道，心里却瘆得慌，因为齐彬的不快乐早已溢于言表。

"既然妳也不知死因，那没什么好问的。"警察说，"对了，妳既然是他的朋友，愿不愿意处理他的身后事？如果不愿意，尸体火化后将由殡仪馆自行处理。"

潘美枝很不解，齐家少爷过世，怎么也不该落到"无人闻问"的境地，不是吗？

警察听完后很诧异，因为齐彬不仅不是齐得开的儿子，还是辖区内有名的宅男，这些年来一直靠着父母留给他的遗产度日，说得上离群索居。

此刻的潘美枝忽然懂得齐彬为什么对她出手阔绰，他这是在找个能处理他身后事的人啊！

"好，我来。"她答。

对于潘美枝来说，这是意料之外，却也是情理之中。

（879）

来英五年，我和老叶开始寻思买房，今日中介带看的是位于一个安静区域的二层小楼。

我和老叶上上下下看了一遍，甚是满意。

"这房还带地下室，独立进出，到时候你们可以往外租，又是一笔收入。"中介说。

此时，小米开始哭闹起来，而中介已经摊开房子的平面图。

"老叶，你看平面图，我带小米到地下室转转。"我说。

地下室如同中介所说（独立进出，确保了隐私性），由于凿了天井，采光算不错。

我转了一下门把，门开了，我站在门口往内看去，里面有几件简易家具，基本已达到"拎包入住"的程度。

当我正想将房门关上时，小米已经踩着蹒跚的步伐进入，我只好跟随其后。

"Hello." 沙哑的声音传来。

我猛一回头，发现屋角的摇椅上正坐着一位穿花衬衫的老人。

"对不起，我不知道屋内有人。"我说。

"没事。"老人对小米招手，"过来，妳叫什么名字？"

虽然老人一脸慈祥，但小米就是不肯过去，两只小手紧抓着我的裙角不放。

"她叫小米，还害羞着呢！"我解释。

"我女儿小时候也害羞，长大了就好。"他答。

此刻，我忽然想起重要的事，问他和房东签了多久的租房合同？

“记不得了，如果妳将房买下，等租约到期后，我们可以续签。”他说。

我和老叶的确需要这笔租金收入，既然有现成的租客，那再好不过。

回家路上，我迫不及待地把这件事告诉老叶，他也说好，理由是既缩短了空置期，还能省下一笔委托租房的中介费。

既然我俩都看上了，买房事宜便提上日程，可是当我告诉事务律师地下室有租客时，他却建议最好看一下原来的合同，免得招来麻烦，于是我们请求中介代转需求。

“我记得卖家曾说过地下室空置着。”中介答，“没关系，我去确认一下。”

当日夜里，中介给我们来电，确认了屋主原来的说法——地下室无人租住。

“这是怎么回事？莫非鸠占鹊巢？”我说，“不行，这房买不得。”

眼看到手的中介费就要飞了，中介要我稍安勿躁，他这就驱车过去核实。

隔天一早，中介又来电，他表示地下室无人，我可以放心签合同。

我一听炸了，一个大活人怎会说没就没了？反正我是不信。

由于我和老叶执意打退堂鼓，情急之下，中介让卖家直接与我们沟通，希望能打消疑虑。

"我的确看到有人住在地下室里。"我对着手机说。

"不可能，这房我从未出租过，包括地下室。"女人解释。

"这么说就是强行闯入啰！那我更不敢买，妳知道赶人得走程序，尤其那人还那么老了，万一有什么差池，我可承受不起。"

"妳说对方是个老人……男的女的？"

"男的，穿着花衬衫。"

哪知我话一答完，对方便挂了电话，看来不签约是对的，因为我最烦没礼貌的人。

两天过后，同一位中介又联系我们看房，我趁机问起那栋差点儿就买成的小屋。

"卖家决定不卖了。"他答，"不仅如此，还打算从外地搬回来。想想可真奇怪，卖家当初卖房就是怕睹物思人，怎么这会儿又不怕了？”

“睹物思人？”

“嗯！她与父亲相依为命，父亲过世后，她搬到二十公里外的牛津郡，同时委托卖房。”

中介答完，开始自顾自地介绍起眼前这栋维多利亚时期的老建筑，而我和老叶却在秋风中不住地抖着、抖着……

（880）

这几天，姜海燕和杨梓新俩口子为了要不要留下腹中胎儿闹得不可开交。

"不，这孩子坚决不能要，我可不想当罪犯的母亲。"姜海燕说。

"听着，咱俩试了又试，好不容易才怀上，就这么放弃，岂不可惜？再说，连医生都不确定超雄综合症的孩子就是天生坏种，妳又何必未雨绸缪？"

所谓的超雄综合症指的是患者比正常男性多了一条Y染色体，这是一种染色体异常现象，并不属于常规意义上的出生缺陷，也没有数据显示一定与"犯罪率

189

高"产生关联，但坊间却言之凿凿，甚至予以妖魔化。

"我不管，"姜海燕又说，"又不是你怀，你知道妊娠的过程有多艰难吗？我才不愿历经千辛万苦，到头来还得胆战心惊。"

见妻子铁了心不要孩子，杨梓新只能采拖字诀（背地里则绞尽脑汁）。皇天不负有心人，终于让他找到法子了。

"燕儿，从古至今的中外统治者中，妳最欣赏哪位？"他问。

姜海燕想了想，给出几个人名。

"妳说的这几位我猜都是超雄综合症患者。"杨梓新说。

"你也太扯了，怎么可能？"

"怎么不可能？成吉思汗一生东征西讨，累计杀人超过5000万。至于英国的亨利八世，死在他的野心之下者不计其数，六个妻子还无一善终，这是常人干得出来的事吗？"

"可是他们是最高统治者啊！"

"妳怎么就断定肚里的孩子将来不是最高统治者？"

姜海燕陷入沉思，是啊！历代留名青史者，哪个不暴戾恣睢？就算放在现代也一样，但凡有点儿良知，还真下不了狠手。

"你说的不无道理，但我还是怕。"她答。

"那这样吧！我们找个算命师，如果命中注定他就是个人人喊打的坏胚子，我无异议，全凭妳处置。"

话说得云淡风轻，但背地里杨梓新已布好局，就等着妻子入瓮。然而人算终究敌不过天算，姜海燕既没见算命师，也没有做人流，而是静待分娩日的到来，因为那无可救药的母爱竟在不知不觉中滋长，她已经不在乎孩子是天使或恶魔了。

果然爱能蒙蔽双眼……噢！不，战胜一切。

佟大勇一时冲动买了一只哈士奇，结果这家伙不仅吃的多，精力还旺盛，他那个精心布置的家不知已被拆了多少回。佟大勇感觉心好累，一个念头油然而生。

"阿哈，这里有两个牌子，一个通向自由，另一个被禁锢，你自己选。"佟大勇停顿了一下，"好好选，离手无悔呦！"

阿哈两眼一转，脚爪碰了红色牌一下。

见状，佟大勇怒不可遏，将两个牌子洗了又洗，然后让那只笨狗再选，岂料它还是选红色牌。

"天哪！你到底会不会选？"佟大勇气得跳脚，接着举起绿色牌，"看好了，这个牌子通向自由，选这个，懂吗？"

在佟大勇的不懈努力下，阿哈终于选了绿色牌。

"这是你自己选的，将来可不能怨我喔！"佟大勇对狗说。

从此，这个世界又多了一条流浪犬。

（882）

廖诗娅到名古屋旅行，由于赶的是早上6点45分的非直航班机，整个航程近七个小时，抵达下塌旅馆时，她已经累到不行，岂料旅馆的入住时间是下午4点半。

"现在有空房不？"她问。

"有，但下午4点半才能入住。"旅馆前台答。

"有空房为什么非得等到4点半？"她又问。

"不好意思，这是规定。您可以将行李留下，4点半再回来办理入住手续。"

廖诗娅的内心嘀咕着，但也无可奈何。

回国后，廖诗娅忍不住向闺蜜黄怡娇吐槽。

"怎么那么死脑筋？咱们国内就不那样。"黄怡娇话一答完，转问小贩，"多少钱？"

"一斤18，总共1.2斤，也就是21.6元，给21就好。"小贩说。

"抹个零吧！就20，另外再给一把葱。"黄怡娇无比自然地答。

（883）

陈昊天走在路上，一个女人慌慌张张地拦下他，说："我的狗掉到河里了，请救救它！"

事不宜迟，陈昊天毫不犹豫地跳进河里。当一人一狗回到岸上时，女人感激不已，同时拿出100元当酬谢金，结果被陈昊天给婉拒了。

在另一个平行时空里，陈昊天也走在路上，一个女人也慌慌张张地拦下他，说："我的狗掉到河里了，请救救它，我会给你100元。"

陈昊天心想——这他妈的鬼天气，泡在水里可难受了。

"200元。"他还价。

（884）

眼看AI文日益成熟，卖文为生的李则广很是担忧，忍不住化名在社交平台上晒出两篇小说（A篇是真人写的，B篇是人工智能写的），请广大网友们评价，没想到得到很大的反响，归纳的结果是——两者无可比性，虽然A篇也有缺陷，但逻辑性明显好很多，不管是场景描写或人物刻画都没有太大的Bug；反观B篇，通篇不过是个大杂烩，东抄一点儿，西抄一点儿，很多地方还是硬拗的，AI文的痕迹相当明显，根本无法与真人写的相提并论……

读完反馈，李则广更加担忧了，因为A篇是人工智能写的，B篇才是自己写的。与此同时，他的那点儿小心思也被识破，那才叫个尴尬！

（注：文学网站规定每天得写4000字以上才有全勤奖可拿，当搜索枯肠时，李则广偶尔也会"借鉴"一下别人的作品，原以为做得天衣无缝，没想到此时此刻会被拿出来鞭尸。）

思考两天后，李则广决定改行当跑堂去（这个来钱比写作快），趁机器人还未全面接替服务员的工作之际，多少给自己攒点儿生活费……

（885）

彭志浩与女友相恋半年多，每天嘘寒问暖，感情甚笃。

某天，女友通知他可以见面了。

"是吗？我太高兴了！告诉我，妳想要什么礼物？"他问。

"你来了就好，我不需要礼物。"她答。

话是这么说，但彭志浩还是准备了一大束白玫瑰和一大袋羊角蜜。

"你怎么送我白花？这不是咒我死吗？还有，"她指向一个塑料袋，"这是什么玩意儿？看起来脏脏的。"

彭志浩心头一紧，白玫瑰是女友最爱的

花，羊角蜜则是她从小吃到大的家乡零食，怎么这会儿全不认识了？

他女友一听，原来又是大数据惹的祸，于是耐心解释给他听。

"妳的意思是大数据会依据我的喜好，给我推理想女友？"他问。

"没错，上回有个音乐爱好者送我一把古董琴，天知道我连小提琴有几根弦也不清楚，不过我还是收下了，毕竟一把古董琴能值不少钱。"

此话一出，彭志浩不高兴了，斥问她怎么还跟别人见面？他以为只有他俩是真心交往，别人不过是逢场作戏。

"你是来搞笑的吗？"他女友笑不可支，"你是客户，别人也是客户，同样一分钟收五块钱，我凭什么厚此薄彼？话说回来，如果不是你勤上线，还轮不到你跟我见面，因为我的理想型是霸道总裁，你……差远了！"

回到家的彭志浩心如死灰，他原以为奔现后的结局是步入婚姻殿堂，哪晓得不仅事与愿违，还毁了他心目中的白月光。

被伤透心的彭志浩一连数天都没再上"AI虚拟女友"平台，然而时间太难熬，一分一秒都是折磨。抵不过相思之苦的彭志浩最终还是上线了，视频里的女友依然美丽如昔，是他喜欢的"温婉"类型。

"好几天不见你，在忙什么？"她轻声细语地问。

"瞎忙。"

"再忙也要记得吃饭哦！对了，我烘了一个戚风蛋糕，拿给你看，好吗？"

"随便。"

女友消失了数秒钟，再出现时，手里捧着一个奇形怪状的蛋糕。

"这蛋糕也太丑了。"彭志浩忍不住笑说。

"人家第一次做，难免出错嘛！不过味道还行，你尝尝。"

话甫歇，女友挖了一小块到镜头前喂他吃。

"怎么样？味道还可以吧？！"她问。

"太甜了。"他答。

"太甜了？那么下回我少放点儿糖，不过也不能少太多，只少一丢丢，好不好？"

当女友说"一丢丢"时，特意将拇指与食指紧压，样子非常俏皮，彭志浩再次沦陷了。

"好，妳说什么是什么，全听妳的。"他答。

此次视频通话时长5分26秒，在扣除平台费用后，那位"本尊"女友实际进账19元，这还是她的267位男友（男友数还在不断增长）中的"一位兼一次"消费，难怪月收入能达七位数，堪比一家小公司的营业规模。

（886）

2035年，科学家发明了一种药丸，每天只需服用一粒即有饱腹感，同时还能产生愉悦情绪。

此消息一出，立即炸开锅，因为这意味着有很多人即将失业。

"不可能，绝对不可能，小小的药丸如何能对抗几千年来的生存模式？再说，进餐的快乐和满足感不是一粒药丸能取代的。"

"国家应该立法禁止药丸出售，这是保护就业者的生存空间。"

"事出反常必有妖，等着吧！服用药丸的后遗症很快会出现。"

"一粒药丸**100**美元，也只有有钱人才吃得起，对普罗大众的生活其实影响不大，所以该干嘛干嘛去，别杞人忧天了。"

......

1964年，7-ELEVEN开放加盟经营，这种新型的便利店不仅简洁明亮，而且回报率高。

此消息一出，立即炸开锅，因为这意味着有很多人即将闭店。

"不可能，绝对不可能，统一管理机制如何能对抗几千年来的小型商业模式？再说，杂货店的人情味和方便性不是连锁店能取代的。"

"国家应该立法禁止**7-11**营业，这是保护传统夫妻老婆店的生存空间。"

"事出反常必有妖，等着吧！**7-11**的短板很快会出现。"

"光加盟费就要好几个月的薪水，也只有有钱人才加盟得起，对普罗大众的生活其实影响不大，所以该干嘛干嘛去，别杞人忧天了。"

……

（887）

一群人受够了这个吃人的世界，他们相偕前往深山老林，冀望在一片净土上打造出自己的世外桃源。

起初，大家有商有量，互助互利，遇到难以决定之事时便投票表决，气氛一片祥和。意料之外的矛盾出现在一次采果行动中，他们一共采到140个果子，而人数有56名，那意味着每人可以分到2个，剩余28个。

有人提议剪刀石头布，胜者多得1个，但Aalok不同意，因为那片果林是他发现的，多出的果子理应归他。

"那不成，"Myra说，"湖是我发现的，那是不是意味着过去大家吃进肚里的鱼理应归我？”

由于众口难调，加上天色已晚，众人同意将多出来的果子交给高风亮节的Zephyr保管，岂料隔天醒来一个也不剩，起因是昨晚有老鼠闯入并啃咬了果子，加上Zephyr认为不宜为了果子伤感情，所以把保管的果子全扔了。

“我不信，肯定是你偷吃的，你这个虚伪小人！”Adair说。

Zephyr何尝受过这样的屈辱？他果断下山，离开这个他曾寄予厚望的“理想国”。

几年后，Zephyr成了“万恶资本家”中的一员，当看着世界按着自己的想法走时，他终于体会到当一名“有实力的坏人”是何等的满足与快活……

（注：如果高贵不能换来高贵，那就用铁腕来实现正义，Zephyr认为他正是那位正义之士——搜刮是真搜刮，做慈善也真的做慈善，两不误。）

揭发政府腐败真相的众议员Lawrence被曝身亡，由于尚未公布死亡原因，网络上充斥着各种小道消息……

"你们通通闭嘴！我大胆预言死亡原因将会是背后身中20枪'自杀'身亡。"Tony自认幽默地写道。

半天过去后，新闻发言人终于公布死因——众议员Lawrence常年受抑郁情绪困扰，已于昨日夜里吸汽车排气管排出的废气身故，享年48岁。

"我还是认为背后身中20枪'自杀'身亡更有新意些。"Tony心想。

许柴妹意外捡到一个神灯，里面的精灵告诉她："妳有一次回到过去的机会，记住，只有一次。"

如果能回到过去，许柴妹最想做的便是告诉15年前的自己——赶紧离开那个恶魔！

"妳准备好了吗？"精灵说，"只要闭上眼睛，心中默念年月日时分和地点，当感觉身体发热时，代表妳已回到过去。"

"我准备好了。"许柴妹既兴奋又胆怯地答。

只一会儿的工夫，许柴妹便感觉全身像着了火似的，当她睁开眼睛时，果然看到躺在沙发上吃草莓的自己。

"许柴妹，"她跑了过去，"妳得离开魏东平，就现在。"

许柴妹闻声抬起头来，当看到一个长得和自己相像的人时，吓得从沙发上坐起，还因此打翻了一整盒的草莓。

"妳……妳是谁？"坐在沙发上的许柴妹打着哆嗦问。

"我是15年后的妳。"年长的许柴妹答，"听着，妳一定得逃离，否则以后有妳哭的。"

此时，捧着鲜花的魏东平推门进来，问："宝贝儿，妳在跟谁说话？"

许柴妹望向许柴妹，接着手指一指，忽然闯入的许柴妹吓得闭上双眼，当她再次睁眼时，发现自己已回到现实。

"妳在干嘛？今天的地擦了没？"魏东平斥问。

"没……我马上擦。"

几日过后，许柴妹把神灯扔了，并且庆幸自己没真的劝说成功，因为离开魏东平，代表连那短暂的幸福时光也不曾拥有过，而这恰恰是她无法接受的……

“人总要被爱过一回，不是吗？”她喃喃自语。

211

“人总要被爱过一回，不是吗？”她喃喃自语。

（890）

这几天，居住在泰国的小董愁坏了，因为他在不知道对方年龄的情况下，睡了一名 17 岁的泰国女生，现在对方家长要他给 5 万泰铢，否则就告他性侵未成年人。

"兄弟，不经一事不长一智，你这是花钱买教训，不亏的。"小董的朋友小梁对他说。

小董思前想后，横竖已经在泰国定居，如今闯了祸，起码得保住名声才行，于是同意支付。

"女孩母亲问你何时结婚？"花钱请来的翻译员说。

"结什么婚？"小董大惊失色，"我只同意付钱，没同意结婚。"

这下子女方家长炸开锅了，再次旧话重提——若不照做，就告他性侵未成年人。

小董左思右想，横竖这辈子是要结婚的，如今有现成的人选，至少不用寻寻觅觅，于是点头同意了。

"女孩父亲说彩礼50万，另外再买些黄金首饰。"花钱请来的翻译员又说。

"50万？"小董面如土色，"不是说好5万吗？"

翻译员问过对方后，答："5万是针对泰国人，你是外国人，当然不一样。"

小董后来还是同意了，但到了婚礼现场却只给5万，理由是买完三金后囊中羞涩，剩余部分只能分期付款。

女方自然不同意，当场就毁婚。

"被堵在门外"的小董不知所措，伴郎小梁拉拉他的衣袖，说："还不走？留着给这家人反悔的机会吗？"

小董被当头一棒，跑得比谁都快。

说好彩礼28万元，可是到了迎亲时，焦桂兰的母亲又追加了5万，准新郎周小军好说歹说皆不行，为了不耽误吉时，他与伴郎团东拼西凑，最终才把新娘子娶回家。

婚后，两口子为了这件事已经大战好几回合，原有的浓情蜜意也在一次次的剑拔弩张中稀释，到最后只剩貌合神离。

当焦桂兰发现新婚不到半年的老公竟然嫖娼时，怎么都不肯委屈自己。周小军也是心累，挽留不成便同意签字了。

拿着离婚证回到娘家的焦桂兰原本想靠在母亲的肩上大哭一场，哪晓得母亲不仅毫无愁容，甚至称得上欣喜。

"我早不看好妳的婚姻，"焦母兴奋说道，"所幸当时加了一口，算上利息，现在账户里应该有330165元，全归妳！"

焦桂兰望着母亲呆若木鸡，她母亲还以为这是"感激到说不出话来"的表现，不禁为自己的"明智与无私"乱感动一把。

（892）

今天，上帝造了91，324人，有白、有黑、有黄、有棕，还有红。

上帝扫视了一下自己的成果，心中有数了——接下来将有45,662人被植入作恶因子。

"亲爱的上帝，祢在做什么？"一名婴孩问。

"我正将作恶因子植入你的体内。"上帝答。

"为什么？"

"因为花花世界必须好坏参半，有多少好人就会有多少坏人。"

婴孩问全是好人不好吗？上帝表示不好，因为全是好人很容易空虚，这种失重感能杀人于无形，致死率甚至超过战争和谋杀。

"我不是很懂，但为什么是我？我不想当坏人，我想当好人。"婴孩说。

"其实当坏人也没那么糟糕，既然你有此要求，我再帮你植入行善因子。"

光阴似箭，日月如梭，转眼间数十年过去了，当初的婴孩也已成了乐善好施的资本家……

（893）

我从小就亲情匮乏，因为父母忙于工作，常年把我丢给保母照顾的缘故。长此以往，我的内心相当苦闷，于是把精神寄托在音乐上，每天不懈地练琴，这恼怒了邻居们，我的父母不得不买座四合院，好远离那些烦人的投诉。

上了中学后，我的成绩越来越赶不上悬梁刺骨的同学们，我的父母只好让我上国际班，因为听说国外的大学很好进，这是唯一能让我得到大学学位的途径。

后来，我成功考进美国的500强大学，可是进去容易出来难，最终还是功败垂成，只得到一张certificate（证书），连

218

diploma（结业证）或degree（学位）都算不上。

父母见我拿的是"连学位认证都做不了"的破纸头，不免气结，但还是耐着性子问我日后想怎么谋生？

虽然我的脑筋常常短路，此时却异常清醒，我告诉那两位不知该如何"正确"表达情绪的老人："这分两方面来说，如果继续待在美国，我便街头弹唱；倘若回到国内，我依旧卖艺为生，不同之处在于地点改为酒吧，因为街头弹唱大概率是拿不到打赏的。"

经过七七四十九天的深思熟虑，我的父母下了艰难的决定——让我回国收租去。

现在的我，日子过得相当平静，每天就是练练琴、喝喝茶、养养花、上上网，即使有人拖欠房租，我也不管不顾，因为按时缴房租的租客永远比老赖多，何况每天一睁眼就有数十万元的进账，我都来不及花，哪还有精力去管那些狗屎事？

有句话——不幸的童年要用一辈子来治愈。我深以为然，因为如今的我还在治

疗当中，而且貌似没有痊愈的可能，哎
……

220

（894）

时间：公元1XXX年

地点：东方某大国边境

事由：小将率领部队即将平定外患，大将却下令退兵……

"为什么？"小将问。

"如果平定外患，王便不再需要我们，我们的处境将非常危险，很可能会被边缘化，甚至丢了性命。"大将答。

小将不苟同，平定外患乃大功，王再怎么昏庸，也不可能不明事理。

见小将仍执迷不悟，大将只好贬他为兵。

多年后，大将寿终正寝，王予以厚葬，追封为抚远公。然而外患问题依旧没有解决，于是王又派了一位大将过来，曾经的小将认为时机已到，洋洋洒洒地写了万言书，全是如何击退外患的法子。

"这是谁写的？"新来的大将问。

"报告东家，这是某个小兵写的。"大将身边的师爷答。

"杀了他。"

"什么？"

"我说杀了他。"

师爷虽感诧异，但没有违背大将的命令。待人头落地后，师爷才问起大将的杀人用意。

"我刚接手新职，正是树立威望的时候，此人刚好出现，所以赶巧了。"

"那么那篇万言书……"

"烧了吧！我主动请调边疆是为了养老，不是为了马革裹尸。"

后来，这个国家与外患一共打了85年的
战（期间又换了几名大将），可疑的是
敌方也总在胜利的最后一刻退兵……

（895）

公主爱上了自己的保镖，两人密谋远走高飞，可惜风声走漏，双双被捕。

"只要承认妳是被诱骗的，能保妳不死。"公主的大哥对她说。

"不，我爱他，非常非常地爱。"公主泪流满面，"请成全我们，拜托！"

公主有七个哥哥，她是最小的一个，一直备受宠爱，如今闹出大事来，能不能保住心爱的妹妹只能看保镖的态度了。

"你呢？你也爱公主殿下吗？"大王子转头问。

"不，我不爱她，是她自己一厢情愿的。"保镖答。

公主难以置信，明明他俩海誓山盟，怎么这会儿成了她一头热？

"瓦达西，你看着我，告诉我方才说的话不是真的。"公主翘首以盼，"不是真的，对吧？"

"是真的，我不爱妳，但又不能违背妳，妳看不出来我很被动吗？"

此话一出，公主瘫倒在地。

"押下去！明日在广场予以石刑。"大王子命令。

所谓的石刑是将受刑人埋入沙土中用乱石砸死，所用的石块皆经专门挑选，保证能让受刑者在痛苦中死去。

当日夜里，公主服毒自杀了。获得死讯的保镖边流泪边改口是自己诱骗了公主，公主是在他的胁迫下出逃的，所以请恢复她的名声，以正视听。

这份"翻供"让保镖的惩罚从石刑改为枭首示众。

"人死了吗？"公主问侍女。

"死了，收下钱的刽子手刀起刀落，动作很麻利，比石刑痛快多了。"

"那就好。"公主喃喃道，"这是我能为他做的最后一件事。"

后来，公主听从父王的安排，嫁给了自己的亲叔叔，婚后生下五子四女，其中一子的名字就叫瓦达西。

（896）

当庞医生宣布肚里的孩子有可能畸形时，章氏夫妻感觉天都要塌下来了。

"现……现在该怎么办？"章先生问庞医生。

"看你们啰！如果不留，我可以终止妊娠。"庞医生答。

由于一时下不了决定，庞医生让夫妻俩回去商量，然而一个多月过去了，这两人依然左右摇摆。

"这样是不行的，"庞医生说，"孩子一天天长大，到时候就算你们想终止妊娠，恐怕也终止不了。"

"我们当然知道生下来的风险，"章先生答，"但毕竟这是一条生命，如果换作是你，你恐怕也下不了决定。"

庞医生看过太多难以抉择的准父母，对于这样的反问，早见怪不怪。

"这样吧！你们再回去商量，倘若两个礼拜后仍无结果，我们就做生产的准备。"他说。

就在这对夫妻即将步出诊疗室时，庞医生突然建议他们关注某个大自然频道，尤其是3月5日的那一期。

"你说医生为什么让我们关注？"回家路上，章太太问章先生。

"也许他有话对我们说，但又不好直接说出口。"

两夫妻一琢磨，还是翻出3月5日的那一期，原来说的是母虎咬死体弱小虎的大自然现象。

"太可怕了！不是说虎毒不食子吗？"章太太说。

"传言不一定都是真的，大自然的法则还是有一定的道理在，也许放弃也是一种慈悲。"章先生有感而发。

隔日，章太太上医院终止妊娠，同时向庞医生道谢。

"不需要道谢，那是你们的决定。"庞医生答。

"的确不需要道谢，"章先生向老婆投去意味深长的眼神，"终止妊娠是我们决定的，不关庞医生什么事。"

手术结束后，从死胎里飘出的婴灵抚着胸脯道："吓死我了，差点儿就悲惨过一生，接下来我得好好选个宿主，不求含着金钥匙，起码也得身心健全才行。"

（897）

今天，艾丝特在书店里闲逛，一名戴着牙套的年轻女孩走了过来，问："妳认得我吗？"

艾丝特一边仔细观察一边胆战心惊，最后决定不正面回应。

"我应该认识妳吗？"她反问。

"我是妳女儿……被妳放弃的那一个。"女孩答。

25年前，艾丝特的男友在她临盆前不告而别，迫于无奈，分娩后的她不得不将新生儿交给领养人，没料到今日会面临如此令人难堪的场面。

"听着，我不知道妳是如何找上我的，但请停止这种骚扰，妳该做的是与心理医生好好谈谈。"她说。

"妳不高兴见我？"女孩问。

"一点儿也不，事情已经翻篇了，我不想再重温不美丽的过去，妳也应该往前看。"

艾丝特离开后，女孩泪流满面，一位同在书店的大妈目睹了这一切。

"亲爱的，妳还好吗？"大妈问。

"不好，但还能承受。"女孩答。

"那我们回家？"

"好。"

大妈是女孩的养母，过去的半年里，她无论如何都阻止不了养女对寻亲的渴望，于是想出这个法子，艾丝特不过是她俩随机挑中的。

就像艾丝特所言，被拒后的女孩从此往前看，不再对生母抱有幻想，但艾丝特就不一样了，自从"被寻亲"后，她陷入深深的自责当中，到现在还在看心理医生，一周一次，从未间断过……

（898）

高梵焜平时总爱在朋友圈里发表文章，久而久之，他被朋友们戏称为文坛巨擘。一天，有朋友发现他的某篇小作文的某个段落出现在闪亮牙膏的广告文案中，纷纷问他赚了多少？

"也没多少，万把块钱而已。"他答。

没过几天，有位作家提到自己的文章被广告公司挪用，不到100个字，却进账十多万元，而那则广告恰恰是新近推出的闪亮牙膏……

为此，高梵焜的朋友接二连三地在朋友圈里对他发出灵魂拷问。

"事到如今，我也不装了，本人正是九天玄女。"他答。

这个回复让朋友惊诧不已，原来高梵焜还真是个作家。

"不对啊！我记得九天玄女是个女的。"某个朋友写道，随后还附上一张年代久远的照片。

由于高梵焜并没有即时回复，加上照片中的人看起来像个假小子，朋友圈吵成了一锅粥。

见势态不妙，高梵焜不得不讨饶——你们就非得把我往死里逼吗？都散了吧！

"你该不会想告诉我们你其实是个女的吧？！"有朋友问。

高梵焜天人交战数回后，还是决定保持沉默，现在他终于明白"一个谎要用无数个谎来圆"是种什么体验了。

（899）

邹捷宇创立的捷宇科技公司制造出全能型机器人，从广告片中可以看出该机器人不仅能干家务，还能照顾失能老人和遛狗，堪称划时代的发明。

此宣传一出，果然吸引不少投资者，甚至跳过种子轮，直接来到A轮，公司获得了近一亿元的资金投入。

"邹总，我们的机器人还在完善中，连走路都费劲，这……会不会太快了？"设计总监龙大为忧心忡忡地问。

"如果等万事俱备了再接受融资，市场早没有我们的位置了。"邹捷宇答，"你该做的便是让机器人早日达到我们宣传的，其他就别多想了。”

后来，奇迹并没有出现，捷宇科技公司关门大吉，投资公司自认倒霉，原设计总监龙大为则跳到另一家科技公司继续干研发……

如此反复，全能型机器人终有一天会横空出世，只是时间早晚的问题罢了。

（900）

掐指一算，我曾有5次机会被精神疾病缠身，可是每次都逃过，现在就让我给您唠一唠吧！

第一次是在我高一时，由于进入的是重点高中，班上高手如云，很快我便感觉力不从心，只能靠不断地在房内踱步来缓解压力。我妈一看不得了了，不知从哪里要来一些符纸，燃烧过后让我服下，结果七碗符水下肚后，我好了（因为不想再喝乱七八糟的东西）。

第二次是在初恋情人离开我后，我茶不思，饭不想，没日没夜躺在床上瞪着天花板发呆。我妈一看不得了了，给我端来不知什么动物泡过的酒，我立马从床上跳起，从此过上正常生活。

第三次是在我结婚前，由于是包办婚姻，我的内心很抗拒，所以夜夜笙歌。我妈一看不得了了，强迫我喝下某种可疑的红色液体，后来我才知道那是鸡血，吓得我寒毛直竖，立马老实了。

第四次是在医生宣布小宝智力迟缓后，那真是晴天霹雳，我顿时少了奋斗的动力，每天犹如行尸走肉。我妈一看不得了了，不知从哪儿找来一个娃娃，说只要每天对着娃娃磕头三次，小宝很快就能目达耳通。不瞒诸位，从小我就怕娃娃，为了远离这个可怕的东西，我改口小宝没毛病，是医生误诊了，另一方面则努力赚钱，因为我终于意识到惟有家里的经济状况改善了，小宝的未来才有保障。

第五次是在妻子离家出走后，我一个人又要养家，又要照顾头脑不灵光的儿子，最困难的时候，我连上吊用的麻绳都买好了。我妈一看不得了了，自己搬了进来，既帮我干家务，还帮我照顾小宝。没了后顾之忧后，我终于走出阴霾，重新投入工作……

· · ·

237

以上就是我的五次经历。

今天，我妈死了，我知道我再也逃不过命运的枷锁，终于可以结结实实地大病一场，哎……

作者介绍

在异国的背景下加入缠绵悱恻的爱情故事是Ｂ杜小说的一大特点，她的文笔清新、笔触诙谐、画面感很强，读完小说有种看完一部爱情偶像剧的感觉，特别适合怀春少女及对爱情有憧憬的女性阅读。

另外，Ｂ杜还创作了散文、严肃小说、系列小说等，欢迎关注。

ALSO BY B杜

《B杜極短篇故事集》（801～900）（繁
體字版）A Word to the Wise (Tales 801～
900 in traditional Chinese characters)

* * *

《法兰西情人》 Love in France

《东瀛之爱》 Love in Japan

《新西兰之恋》 Love in New Zealand

《英伦玫瑰》 Love in England

《爱在暹罗》 Love in Thailand

《情定布拉格》Love in Prague

《狮城情缘》Love in Singapore

《爱上比佛利》Love in Beverly Hills

《梦回枫叶国》Love in Canada

《早安，欧巴》Love in Korea

《我在苏黎世等风也等你》

Love in Switzerland

《迪拜公主的秘密情人》Love in Dubai

《马力历险记1之地球轴心》The Adventure of Ma Li (1): The Time Axis

《马力历险记2之黄金国》The Adventure of Ma Li (2): Eldorado

《马力历险记3之可可岛宝藏》

The Adventure of Ma Li (3): The Treasure of Cocos Island

《B杜极短篇故事集（1～100）》 A Word to
the Wise (Tales 1～100)

《B杜极短篇故事集（101～200）》 A Word
to the Wise (Tales 101～200)

《B杜极短篇故事集（201～300）》 A Word
to the Wise (Tales 201～300)

《B杜极短篇故事集（301～400）》 A Word
to the Wise (Tales 301～400)

《B杜极短篇故事集（401～500）》 A Word
to the Wise (Tales 401～500)

《B杜极短篇故事集（501～600）》 A Word
to the Wise (Tales 501～600)

《B杜极短篇故事集（601～700）》 A Word
to the Wise (Tales 601～700)

《B杜极短篇故事集（701～800）》 A Word
to the Wise (Tales 701～800)

《巫觋咖啡馆之梧桐路篇》

The Witch & Warlock Café on Wutong Road

《巫觋茶馆之浣纱路篇》
The Witch & Warlock Teahouse on Huansha
Road

《鸿沟》A World Apart

《洁西卡》Jessica

《我的泰国养老生活 1 》My Retirement
Life in Thailand 1

《我的泰国养老生活 2》My Retirement
Life in Thailand 2

《夏小希》Miss Xia

《谢小桐》Miss Xie

出版社介绍

如意出版社（Luyi Publishing）在英国注册，致力于将优秀作品介绍给全球读者，联系方式如下：

邮箱1：Luyipublishing@163.com

邮箱2：Luyipublishing@gmail.com

www.ingramcontent.com/pod-product-compliance
Lightning Source LLC
Chambersburg PA
CBHW060541190726
48283CB00003B/821